W0322349

La dernière échappée

De la même autrice

En compagnie du loup (sous le pseudonyme de Juliette Personne), Bayard, 2015

Les affamés : chroniques d'une jeunesse qui ne lâche rien, Bayard, 2014

Léa Frédeval

La dernière échappée

roman

Philippe Rey

Ouvrage publié sous la direction éditoriale de Stéphanie Cochet.

© 2023, Éditions Philippe Rey
7, rue Rougemont – 75009 Paris

www.philippe-rey.fr

À Gigi

Chloé

Comme certains prient, les paumes ouvertes sur ses genoux, elle a l'air d'attendre.

Le regard fixe et pourtant dans le vague, je vois qu'elle n'arrive pas à penser.

En fait, je le sais, elle n'essaye pas. À l'intérieur, tout est sur pause.

Depuis que Jacques a eu besoin d'un appareil pour respirer la nuit, Léo a pris l'habitude de surveiller le cœur de son bonhomme. Elle m'a même demandé de lui trouver un stéthoscope sur Internet. Chaque soir elle attend que Jacques s'endorme pour vérifier, sûrement avec maladresse, que son cœur fonctionne toujours. L'autre nuit, il y a quelques nuits, elle s'est endormie la première. Cette fois-ci, elle a oublié de faire attention et le cœur de Jacques en a profité pour se reposer.

En ce jour étrange, le salon aux murs carmin est envahi. Toute la famille, même ceux que personne ne connaît, est là. Ils ne cessent d'être partout. Outrageusement présents. Je ne vois que ça. Ça brasse de l'air pour faire comme si rien ne s'était passé, pour lui faire croire que la vie continue. La supercherie est vulgaire. De vie, en réalité, il ne reste plus beaucoup.

Sur le mur face à elle, les dizaines de photos forment une fresque qui pourrait l'avaler. Ces images étaient là bien avant moi. Je pourrais les décrire une à une, dans l'ordre et dans les moindres détails. Mon grand-père les a prises avec son Nikon F, et elle les a soigneusement sélectionnées, encadrées et accrochées parce qu'*il faut prendre soin de ce qui va disparaître.* Je l'ai souvent vue s'arrêter pour observer ces visages et ces décors qu'elle semble redécouvrir chaque fois.

Une photo après l'autre, les traits de ses enfants s'affinent et leurs tenues font défiler les époques. Moi, je suis l'une des dernières à avoir souri à l'objectif. Sans dents apparentes, je trône torse nu au bord d'une piscine bondée. Léo aime bien cette photo, elle dit que je brandis mon bonheur comme un trophée inespéré.

Aujourd'hui elle ne s'attendrit pas. Quand elle lève les yeux vers ce mur, un voile brouille son regard. Ce n'est pas un jour à regarder le passé en face.

Je la vois s'enfoncer dans son fauteuil comme si autour d'elle la pièce rétrécissait. Ce matin elle me parlait des objets qui, dans la nuit, se seraient mis d'accord pour se multiplier, comblant le vide laissé à côté d'elle. Elle m'a assuré qu'il n'y avait pas autant de choses dans son salon hier soir. Aujourd'hui, bibelots, lampes et coussins slaloment entre les humains grouillants pour lui rappeler qu'elle n'est pas seule. Je trouve l'idée terrifiante mais ne la contredis pas. Ma grand-mère a toujours eu le sens de la métaphore.

Je viens de la voir rire. Heureusement, personne ne semble s'en être aperçu. Elle n'aurait pas aimé qu'on la surprenne. Léo reste étrangement attachée à ce que l'on peut penser d'elle. Et ce que les autres pensent sûrement, c'est que l'on ne rit pas en pareilles circonstances. Il ne faut exprimer rien d'autre que la dévastation. Si chacun a sciemment laissé sa joie de vivre à la maison, ce n'est pas pour que la veuve se marre.

Ici, je suis la seule de moins de cinquante-trois ans. Je viens de m'en rendre compte, dans ma famille il n'y a pas vraiment de jeunes. Sauf, bien sûr, ma cousine éloignée et ses frères qui ont presque mon âge mais à l'intérieur ils sont déjà vieux. Tout en eux est périmé. Il n'y a qu'à les regarder. Ma cousine n'est qu'un gigantesque camaïeu de marrons : des godillots marron, un pantalon en velours côtelé marron auquel il manque au moins quinze centimètres, surmonté d'un gilet en grosse laine marron laissant apparaître le col élimé d'une chemise de couleur – ô combien excentrique – jaune bile. Et comme s'ils s'étaient concertés au réveil, ses frères suivent le même schéma colorimétrique. Ils paraissent davantage contenus qu'habillés. Comme s'ils avaient été directement coulés dans leurs costumes. Ils auraient ensuite séché et durci, auraient été taillés en forme humaine, puis patinés pour prendre l'aspect de ce qui a un peu vécu. Mais quand on s'approche, on perçoit le trompe-l'œil. Leurs corps n'ont pas d'existence propre. Leurs peaux ne racontent rien. Les mains saisissent sans savoir effleurer. Quant aux yeux, ils se contentent de capter les formes et l'utilité des choses.

Enfants, nous jouions à être autres. Pirates, espions ou super tout. Nous n'avions besoin de rien pour être ensemble. Aujourd'hui, seul le pire nous pousse encore à nous croiser du regard. Ils sont si bien rangés. Le plus tôt possible, ils se marient, construisent des boîtes en forme de maison, font des enfants et à vingt-cinq ans tout est planifié jusqu'à la retraite.

Ni aspérité ni détour. Je n'ai rien contre la constance, au contraire. Mais pas celle-ci. J'esquive l'inertie, je détale devant la gangrène. Impossible de me projeter dans une existence aussi prévisible sans être saisie d'angoisse. À vrai dire, même la liberté je m'en fous. J'aimerais qu'on arrête de m'emmerder avec l'avenir. Qu'on arrête de m'emmerder tout court.

Tous continuent de se presser dans la pièce. Ils font semblant d'être occupés parce qu'ils ne savent pas quoi lui dire. De temps à autre, un neveu, une connaissance lui glisse une condoléance ou propose un petit four à peine décongelé. Mais moi je la connais. Je sais que ce n'est pas ça dont elle a besoin.

Dès qu'on s'approche trop, ses mains se cachent. Par réflexe, elle dissimule ses doigts déformés. Ils s'entremêlent péniblement, ont appris à faire illusion. Mais moi je sais. Je les connais par cœur, ses mains.

Elle rêvasse, regardant droit devant et nulle part à la fois.

– Comment tu te sens, ma Léo ?

– Je ne me sens pas. Mais heureusement que tu es là, ma petite-fille chérie. Heureusement.

– De quoi tu as envie ?

– Qu'ils me foutent tous la paix. Et d'un whisky.

– Bouge pas, je m'en occupe.

– Je ne risque pas d'aller bien loin, va.

Dos à la cloison de la cuisine, je les entends. Ma mâchoire se serre. Je prends conscience de cette partie de mon corps. Non, cette partie de mon corps prend conscience de moi. Coincée. Moi, la mâchoire. Tout. Il n'y a qu'une solution : passer en force. Du bout des doigts, j'appuie au centre de mes joues et, à travers la peau, je tente de les insérer entre les dents du haut et celles du bas. Je masse la chair pour me frayer un passage entre les crocs qui crissent. Parfois, à cause du stress, j'en perds des morceaux. Un jour, un bout s'est même cassé sous mes doigts. La dentiste m'a expliqué que l'angoisse fragilise l'émail qui s'effrite et se brise. C'est fou quand on y pense : les toutes premières dents percent les gencives, causant une douleur sans pareille, puis un jour elles tombent, lâchement et sans fracas, pour laisser apparaître d'autres dents, définitives, dont la poussée est indolore. Et ce sont les mêmes qui se cassent, plus tard, sous le poids d'une anxiété d'adulte. Cette incohérence me dépasse. Comme cette famille que je n'ai jamais comprise. Dans les moments les plus pénibles, je me demande si j'en fais vraiment partie. Si Léo n'était pas là…

Sylvain et Marjorie se comportent comme des gamins fiévreux. Dès qu'une mauvaise décision se présente, ils se ruent dessus. On dirait un objectif de vie : choisir le chemin le plus insensé. Il faut que le plaisir soit dur à obtenir, sinon inaccessible. D'ailleurs, le plaisir n'existe que pour la frustration qu'il suscite.

Ils ne pensent qu'à eux et agissent sans prendre en compte les conséquences. Lorsqu'ils butent contre la réalité, ils crient au scandale parce que rien ne se passe comme prévu. Des enfants mal élevés. Les adultes jouent aux adultes comme les enfants s'amusent à les imiter. Dès que cela devient compliqué, ils déclinent toute responsabilité et s'indignent. Jamais je n'aurais cru que c'était ça, être grand.

Depuis mon enfance je suis témoin d'une compétition à celui qui fera les choix les plus nazes. Après s'être endettée sur des décennies pour une maison bien trop grande, Marjorie en a détruit tout l'intérieur. Les trois étages démolis ont laissé place à une ossature qu'elle vient d'abandonner. Et à part moi, personne ne trouve cela délirant... Depuis plusieurs années, Marjorie aime un homme marié qui ne quittera jamais sa femme. L'épouse est mutée dans le sud de la France, alors son mari la suit et Marjorie suit le mari. Ma tante a tout quitté pour s'exiler à l'autre bout du pays, à côté de son amant. Et de sa femme. Quant à Sylvain... Je suis affligée. Je ne sais pas comment parler de mon père. Lorsque je me lance, les gens pensent à une mauvaise blague. Il y aurait trop à dire. Alors je m'efforce de ne penser à lui que par bribes. Pour l'heure, il vient d'avoir un enfant à l'âge de la retraite. Lui qui n'arrive pourtant pas vraiment à être mon père jusqu'au bout a remis le couvert. Je l'ai entendu toute mon enfance se lamenter de ne pas avoir de temps à lui, de travailler pour vivre et non l'inverse, de ne pas pouvoir découvrir le monde, d'être coincé ici, par son boulot, par sa famille, par cet extérieur qui l'oppresse et sur lequel il est persuadé de n'avoir aucune prise. J'ai tellement compati. C'était ma faute s'il n'était pas heureux. Mon existence l'empêchait de s'accomplir.

Mais la pire, c'est sûrement Anne. Une combinaison absurde des deux autres. Avant je ne faisais pas attention à elle. Elle était pourtant présente à toutes les fêtes de famille. Mais jamais elle n'a cherché à se lier avec moi. Pas un regard, un geste tendre, pas un cadeau ni une carte d'anniversaire. Monolithique, elle était une présence neutre. Je ne sais toujours pas qui elle est. Si pendant un moment j'ai cherché à la connaître, je n'en ai plus aucune envie.

Il y a quelques années, quand Léopoldine et Jacques ont commencé à décliner, c'est là que j'ai compris. C'était presque imperceptible. Un léger vacillement en se levant du canapé, des poignets qui tremblent en portant un plateau, rien de grave. Les symptômes classiques d'un vieillissement inévitable. L'air de rien, Anne s'est éloignée comme le soleil s'efface à l'horizon. Elle a cessé de leur rendre visite. Elle a fermé petit à petit les yeux, s'est bouché les oreilles, et n'a plus pris de nouvelles de personne. J'ai cru qu'elle avait besoin de temps pour se faire à l'idée, trouver sa place face à des parents fragiles, mais je n'y crois plus. Je ne veux plus entendre parler d'elle.

– Comment ça, vous avez pas le choix ? Vous êtes sérieux ?

– Ah Chloé ! Tu es là. Camille n'est pas avec toi ?

Marjorie fourre son nez dans un mouchoir.

– Oui, c'est vrai ça… il est où ?

Sans répondre ni les regarder, j'ouvre un placard et sors un verre. Mon père enchaîne.

– Comment va Maman ?

Je me retourne et le fixe, atterrée.

– « Comment va Maman ? »

La porte du placard claque.

– Elle va mal, ta mère, et elle ira encore moins bien quand elle saura ce que ses enfants lui préparent.

Mes mots sont tombés là, lourds et froids. Impossible de revenir en arrière. Le frère et les sœurs se regardent. Marjorie se mouche de plus belle dans un silence pesant.

J'ouvre et ferme tous les placards.

– Vous pouvez continuer à parler, hein, vous avez déjà dit le pire de toute façon.

– Bon, Chloé, ça va, la crise d'ado. Ce moment n'est facile pour personne.

– Ça vous gêne pas trop de parler d'elle sans elle ? Elle est juste dans la pièce à côté. Je comprends pas comment vous réfléchissez, en fait.

Pas de pincettes, il faut qu'ils sachent à quel point je leur en veux. Ma phrase-boomerang est partie loin et revient violemment. Marjorie d'un coup se la prend en pleine face.

– Tu crois que c'est marrant pour nous ? Tu penses qu'on n'en a jamais parlé peut-être ? Tu débarques sans rien savoir de rien…

Un sanglot engloutit la fin de sa phrase.

– On a tenté d'en discuter avec lui des dizaines de fois, Chloé, et chaque fois on s'est fait envoyer balader.

– Avec lui ? Mais c'est pas de lui qu'il s'agit !

– Enfin… Tu vois bien que ta grand-mère ce n'est pas trop ça depuis quelque temps. Et là, ça ne risque pas de s'arranger… On a essayé de les aider, de se préparer ensemble, mais ils n'ont rien voulu entendre. C'est exactement cette situation qu'on voulait éviter.

– Han, mais oui, tu veux dire que ton père n'est pas mort au bon moment ? C'est vraiment dégueulasse de sa part de ne pas avoir prévenu, à cause de lui vous n'avez pas eu le temps de vous organiser dans vos vies toutes pourries. Non, vraiment, c'est pas cool !

Impossible de m'arrêter.

– Et puis c'est tellement facile de se dire qu'elle n'est plus capable, ça vous irait bien qu'elle puisse plus se gérer seule, hein ? Comme ça hop, ciao Léo !

Des années de frustrations me reviennent dans la bouche. Les mots se poussent les uns les autres. À toute vitesse mon cerveau liste ce qui me rend folle. J'ai trop à dire et rien ne sort comme il faudrait.

– Et toi, Anne, toi tu dis rien ? C'est bien, c'est une constante. Surtout continue, ne fais rien, laisse tout passer devant toi. « Pile dans le vide », voilà comment on devrait t'appeler. Pourquoi t'es là, en fait ?

– Chloé, ne sois pas si dure.

– Pardon ? Mais vous vous êtes vus là, tous les trois ? Pas un pour rattraper l'autre. Incapables de penser à autre chose que vos gueules ! Je vais allumer un cierge pour vous, tiens, pour votre terrible situation, parce que vraiment c'est ça qui est important aujourd'hui, vous et vous et vous encore.

Je jette deux glaçons dans le verre et y verse une bonne dose de whisky que je siffle d'un trait. Mon père prend une grande inspiration et déglutit.

– C'est bon, tu as fini ?

Léopoldine

Le ballet du dépit s'est calmé. Les assiettes sont pleines de miettes et les verres vides de tout. Un à un, les gens se sont éloignés, emportant avec eux leurs afflictions. Certains étaient ivres et moi je suis restée là. J'ai rempli mon rôle. L'épouse avait l'air triste et la veuve l'était. Mais je crois que la femme n'a pas encore tout saisi. Ça va vite, trop vite. La semaine dernière encore Jacques était à côté de moi, dans sa bergère. Aujourd'hui, son nom a été prononcé des dizaines de fois comme s'il était sorti faire des commissions et qu'il était en retard pour le souper.

Pour l'heure, au fond de mon fauteuil, je reste immobile. Vaudrait mieux pas qu'on me parle, là, pour le moment. Envie de hurler sur n'importe qui. Je me sens prisonnière. Encore quelque chose que je n'ai pas choisi. Je garde tout dedans. Mon corps chauffe. C'est la colère qui brûle de l'intérieur. Au moins je suis vivante, moi. Il faut que je continue, comme d'habitude. Rien ne doit changer sinon tout s'effondrera. Je le sais bien. C'est pour tout le monde pareil. Une fois qu'on cesse de faire un mouvement, le corps l'oublie, la tête le jette par-dessus bord. Et c'est fini. À domicile ou dans un mouroir, c'est foutu tout pareil. Il n'y a pas de retour en arrière. J'ai vu mes grands-tantes se recroqueviller les unes après les autres dès qu'elles *levaient le pied*, comme disent les docteurs. Je ne me ferai pas avoir. Devenir une momie à qui l'on hurle *bonjour*, ah ça non. Je ne serai pas un de ces bibelots ébréchés qui prennent la poussière. Hors de question d'aller là où ils veulent me caser. Je ne m'arrêterai jamais.

Il faut que je me lève. Ils ne savent pas, eux, ce que c'est de devoir se concentrer pour le moindre geste. Je m'y prépare, parfois pendant de longues minutes, je fais monter l'élan qui me permettra de quitter mon siège. D'abord appuyer mes paumes sur les accoudoirs, y mettre tout mon poids comme si je voulais m'enfoncer dans la matière. Je peux m'y reprendre à plusieurs fois. Puis me pencher vers l'avant et pousser des talons dans un sol si lointain. Le tronc se hisse, reste un temps suspendu, comme hésitant. J'ai peur chaque fois d'être aimantée au fond du siège et d'y retomber avec lourdeur. Douter de sa capacité à effectuer ce que les autres réalisent sans y penser, c'est affligeant. Toute cette entreprise juste pour me mettre debout. Et feindre que c'est simple. Les gens ne se rendent pas compte.

Dans quelques heures, je monterai les dix-huit marches qui mènent à ma chambre et j'irai me coucher. Seule pour la première fois en soixante-six ans. L'Algérie, ça ne compte pas. Enfin, si, l'Algérie compte, la guerre aussi, bien sûr, mais pas les centaines de nuits sans Jacques. Parce qu'à cette époque j'avais déjà Sylvain, mon premier. Et ça, c'est une autre solitude.

Il existe deux manières d'être seule. Celle que j'ai connue n'est pas celle que j'aurais souhaitée. Élever ses enfants jour après jour aux côtés d'un homme qui n'est pas vraiment là, ça grignote et fait disparaître les contours. On devient la femme de, la mère de. Je l'ai accepté. Cette solitude s'impose comme seul horizon possible. C'est une fidèle compagne que je traînais derrière moi sans y prêter vraiment attention. Même si, comme Barbara dans sa chanson, je lui parle parfois, à ma solitude. Impalpable, elle prend une place folle. J'ai l'impression qu'elle me nargue avec gourmandise. Son appétit ne connaît pas de limite. Elle se nourrit des espoirs qui se désagrègent et des désirs qui refroidissent. Pour ma mère c'était pareil, je le voyais bien déjà petite. Une seule fois j'ai cru trouver un chemin dérobé mais j'ai manqué de perspective et de courage pour le prendre.

Quand vient la nuit, je me recroqueville. Je crains de me laisser emporter. Mon cerveau reste en alerte. Je me réveille au bout de quelques heures, sans plus pouvoir me rendormir. La guerre qu'on a endurée a broyé tout le monde, même ceux qui n'ont pas combattu. Les enfants qu'on était sont devenus des adultes fissurés par la peur. Les bombardements retentissent, les sirènes hurlent encore dans nos nuits. Les visages anxieux de nos parents sont figés à jamais dans nos mémoires. En ce temps-là, on ne faisait pas attention aux souvenirs. Comme ils suintent à l'intérieur des corps, contre les parois des êtres. On ignorait que les enfants sont de la peinture fraîche. Que toute empreinte est indélébile. Les adultes n'ont rien vu. Il n'y avait pas la place de penser à autre chose que survivre. Quoi qu'il en soit, nous, nous avons grandi quand même. Par saccades silencieuses, entre les récits des horreurs et les nuits d'épouvante. En ce temps-là, on ne protégeait pas les enfants. On ne protégeait pas grand monde.

Chaque fois que je suis dans mon lit, je me crispe. Mes muscles fatigués se contractent. Ça tire de partout jusqu'à réveiller les plus engourdis. Mon petit vélo, là-haut, dans la tête, se met en route et fend ma mémoire avec fracas. Les chuchotements de mes camarades au fond de la cave de l'école. Plaqués contre la pierre humide, certains pleurent en silence. Les plus effrayés sont en boule, blottis les uns contre les autres. Moi, je ferme les yeux et j'attends. Que les murs ne tremblent plus, que les bottes cessent de claquer au-dehors. Et j'attends encore plusieurs minutes pour être sûre que tout est bien fini. Espérer que ce n'est qu'un mauvais rêve et qu'en ouvrant les yeux, tout aura disparu.

Cette histoire est sans fin. Chaque nuit, je me repasse le film. Je me dis que j'aurais pu être plus aidante à la maison, moins insolente avec mes parents. Pendant la guerre et ensuite peut-être aussi. Je fais des nœuds avec le passé, des nœuds et encore des nœuds. Toutes les nuits de ma vie, j'ai entremêlé et serré plus fort ce que je ne peux ni défaire ni refaire. Les couches de culpabilité s'empilent depuis si longtemps que je ne suis plus qu'un amas de fautes.

Le souvenir de la guerre ne me laisse pas tranquille. Peut-être aussi qu'il m'évite de penser à la plus grosse de mes erreurs, la plus impardonnable. Je le sais bien au fond. C'est ma défaite que je ne veux pas affronter.

Chloé

Je roule lentement. Il n'y a personne sur la route ce soir. C'est peut-être un signe. Aucun témoin à l'horizon pour assister à ma fuite. Je suis en pilote automatique. Pas le choix, je n'aurais jamais réussi à passer la journée. En quelques heures, j'ai perdu plusieurs morceaux de moi-même. Sans Léo, je me serais noyée dans cette bouteille de whisky. Rien à faire du reste, encore moins du taf. Je ne veux pas y aller. Les gens ne m'intéressent plus. D'ailleurs, les gens eux-mêmes ne s'intéressent déjà plus à rien. On dirait que la société fait tout pour me dégoûter d'en être. Je n'arrive pas à savoir qui je méprise le plus, mais l'idée d'être un fragment de cette humanité me débecte.

Loin d'ici, les hommes s'entre-tuent pour des choses qui ne leur appartiennent pas. Quand la mort n'est pas assez efficace pour asseoir leur domination, ils violent les femmes et les enfants. Et eux-mêmes sont dominés par d'autres hommes, plus riches, plus blancs, plus avides, sûrement plus fous. Près de moi, dans les grandes villes, la misère gît dans la rue. Des corps qui n'attendent plus rien, des êtres qui ont tout perdu ou égaré le peu qu'ils possédaient, des esprits que l'espoir a délaissés. Il y a quelques jours, j'ai lu sur la pancarte d'un SDF *Apparemment je suis invisible.* Les autres ne semblent pas beaucoup plus heureux. Ils se lèvent chaque matin et se couchent chaque soir avec le même sentiment de résignation, d'inutilité et de fatigue. Il y a ceux qui attendent leurs congés et ceux qui se divertissent pour oublier le néant d'une vie détraquée. Certains passent la majorité de leur existence à essayer d'éviter de se noyer, le reste n'a aucune conscience de rien. Au restaurant, je les vois les Jean-Michel Frustration hurler sur le téléviseur qui ne répondra jamais, s'adresser à des hologrammes qui tous les cinq ans font semblant de se sentir concernés par nos vies en péril. Ils s'échinent dans un job qui les brise et rentrent chez eux pour briser à leur tour. Se donner l'impression de tenir bon, d'être solide, de se sauver en s'assurant d'avoir la mainmise quelque part. Et surtout, détester la différence et le changement. Tout dans l'humanité devient de plus en plus dur. La violence se démultiplie et se diversifie. Toujours plus de formes d'exploitation pour toujours plus de personnes exploitées. Une souffrance qui fait vendre, une folie qui porte le visage de la normalité. Et dire que c'était nous, paraît-il, les plus évolués de l'espèce.

Je n'ai aucune idée de la place que je peux avoir sur ce spectre gigantesque. Je n'ai pas à fuir mon pays pour éviter la mort et je pourrais même boire l'eau potable au fond des toilettes. Rien n'est tracé pour moi et, de toute façon, je ne peux suivre aucune trace. Plus je constate les privilèges qui sont les miens, moins je sais quoi faire de moi. Je ne sais pas où aller. Il faut que je comprenne ce pour quoi je suis faite sinon les décennies à venir vont être longues. J'ai bien tenté de faire des études pour trouver ma voie, en vain. Des années dans un amphithéâtre blindé et des dizaines de candidatures envoyées pour finir dans un restaurant pourri à nettoyer les restes des autres en transpirant le graillon. J'ai vingt-deux ans et je suis déjà lassée. On me pense feignante et on se plante. Leur mépris pour ce qui ne se transforme pas en argent est abyssal.

Je ne veux pas gagner ma vie. Je n'ai pas à la gagner, en fait. Auprès de qui d'ailleurs ? Qui ose mettre ma vie en jeu ? Et si je dois la gagner, ça veut dire que je peux la perdre ?

Je ne cherche ni reconnaissance ni fortune. Je veux vivre normalement, c'est tout. Serveuse, ça m'emmerde. Je n'ai que faire de la politique. Elle n'a jamais existé à mes yeux, car je n'existe pas pour elle. Sinon, on aurait fait attention à moi, à nous, à ma génération. On aurait pris soin de mes centres d'intérêt, de ma volonté d'avenir, de la planète qu'on nous laisse. On. Je pense souvent à on et m'empêche tant de dire vous. Je ne me sens ni anticapitaliste ni anarchiste, mais je ne crois pas en la valeur travail. Je considère qu'il y a mieux à faire, à ressentir, à expérimenter, je ne sais simplement pas quoi encore. Mais je veux pouvoir manger et me déplacer, lire et faire l'amour sans l'aval de personne. Dès que je suis entrée à l'école, j'ai compris que je n'arriverais pas à être au monde comme les autres, c'est sûrement pour ça qu'on s'est trouvés avec Camille. Ce que j'aime, personne ne le comprend, c'est trop précis, trop improbable pour en faire un métier, encore moins un salaire. Et puis il y a ce que j'appelle mes constellations. Petite, j'ai senti naître en moi des obsessions, que je n'ai jamais partagées avec personne. Des choses qui, isolées, paraissent anodines. Ma grand-mère en connaît quelques-unes, Camille en a vu d'autres et s'en moque tendrement parfois. Mais si quelqu'un savait tout, si on mettait bout à bout ce qui me traverse à longueur de journée, je crois qu'on s'inquiéterait pour moi. Car en réalité mes constellations sont sans fin. Et si je ne fais pas attention, elles s'étendent et me poussent loin, loin de la réalité.

Dans le rétro, toujours personne.

Le temps traîne, il s'étire et je m'ennuie. J'ai peur que ma vie passe, me passe devant et qu'un jour je m'aperçoive que c'est fini. Qu'il n'y a plus rien à décider, que tout s'est fait sans moi. J'ai pensé à m'occuper des enfants que j'adore ou des vieux que je préfère – entre les deux, les gens sont d'une trop grande tristesse. Je pourrais, je saurais faire, mais ce n'est pas mon endroit. Je n'ai pas encore trouvé celui où j'aurais l'espace de me déployer.

Ce qui m'empêchait vraiment de paniquer, c'était la présence de Camille. Je pensais avoir le temps de trouver quoi faire de mes mains et de ma tête. Mon cœur nourrissait le reste. Je voulais rester avec Léo jusqu'à la fin de cette horrible journée mais, quand Camille a fini par m'appeler, elle m'a dit *File donc, ma poupette !* Alors j'ai filé.

Camille n'a pas expliqué son absence. Il n'est juste pas venu. Ça ne lui ressemblait pas de ne pas être là pour moi, pour Léo, et surtout pour Jacques, qu'il aimait beaucoup. Il devait avoir une bonne raison. Alors je suis montée sur mon scooter et je l'ai rejoint.

Puis plus rien. Je ne sais pas ce qui est arrivé.

Je repasse la scène comme dans un film. En boucle. Sans bruit. Je me vois de l'extérieur. À la nuit tombée, tous les deux sur le parking, devant le camion à pizza. Quand il m'a vue, il a fouillé dans sa poche et a attaché ses cheveux à la va-vite avec ce qu'il y a trouvé. Trop rapide parce qu'il n'a pas sorti tous les cheveux de l'élastique. Sur un T-shirt encore blanc, il portait son blouson en toile vert bouteille, celui qui fonce la couleur de ses yeux quand le temps se gâte. Il a retroussé ses manches, laissant ses avant-bras nus. J'aime démesurément ses avant-bras. C'est la toute première chose que j'ai vue de lui, à la rentrée, ce lundi matin de sixième. Mes yeux de petite fille ont été éblouis par le soleil qui dorait sa peau. Elle scintillait et semblait n'exister que pour ça.

Je suis tombée amoureuse de Camille sans m'en rendre compte. Il était dans ma vie avant de le savoir, avant même de connaître mon existence.

Dès le premier jour à l'école, mon attention entière est happée. Je ne regarde que lui. Surtout quand il ne le sait pas. L'observer vivre devient ma principale occupation. Il n'a besoin de rien faire, juste être là.

Je fais en sorte d'avoir toujours un temps d'avance pour être certaine de le voir, toujours le voir. Apprendre de lui sans jamais lui parler. Je veux le découvrir sans le déranger. Plus je le scrute, plus j'ai l'impression de le comprendre. Camille est différent. Les filles ne s'intéressent pas à lui. Il est trop doux. Ceux qui ont la cote crient et frappent fort, prennent de la place, croquent dans la peau des oranges, déclenchant les cris des fausses offusquées. Lui, dans un coin, scrute tout. Et moi, je le scrute lui. Son esprit sonde le monde. Une sorte d'étude silencieuse d'une espèce à laquelle il n'appartient pas.

Dans la classe, il soulève sa chaise en silence quand tous se délectent de lui faire racler le sol. Il s'assoit comme si son corps était en verre et d'un geste lent et presque décomposé se penche vers son sac, d'une main tend le tissu, de l'autre se saisit de la languette métallique, l'ouvre, sort sa trousse et son cahier. Camille prend les objets avec la délicatesse de celui qui pourrait les blesser. Parfois je me dis que, s'il était possible de s'excuser de les toucher sans leur consentement, il le ferait.

Ensuite, sans jamais y déroger, il réajuste ses lunettes. Non d'une pression de l'index sur la monture entre les deux yeux mais en attrapant la branche droite qu'il fait remonter autour de son oreille comme s'il y rangeait une mèche de cheveux récalcitrante. Toujours la droite. Je me suis renseignée, Camille est soit astigmate, soit hypermétrope. En tout cas, il a un souci de mise au point, c'est certain. Quand il a fini d'écrire et qu'il doit regarder de nouveau le tableau pour recopier, Camille plisse les yeux et fronce le nez. J'imagine son flou et ça me fait sourire.

Si moi je sais presque tout de lui, il met un temps infini à s'apercevoir que j'existe. Ce n'est pas qu'il n'est pas curieux, c'est que sa timidité l'en empêche. Elle le protège de ce qui pourrait lui en demander trop. Camille ne peut se concentrer que sur une chose à la fois. Quand cela s'agite autour de lui, il perd son centre de gravité. Dès qu'il y a du bruit, il s'éloigne. Et dans une classe, un couloir, une cour d'école, Camille doit se mobiliser pour tenir debout. Pendant des semaines, je le détaille. Camille se déplace lentement et descend les marches une par une en se tenant toujours à la rampe. Son corps, déjà immense et longiligne, réclame du temps pour tout. Une tête de plus que les plus grands, il courbe le dos pour ne pas dépasser de la masse. Juste prolongement de ses bras baguettes, ses mains sont sans fin.

Je le perçois dans chacun de ses gestes : aucune aisance n'est possible. Il ne sait pas quoi faire de ce corps qui ne cesse de pousser, il a même l'air de ne pas le reconnaître parfois.

Ma passion pour les bouches a commencé avec la sienne. Charnue comme le corps des femmes dans les peintures d'avant, moelleuse comme les courbes que j'attends impatiemment de voir se révéler face à mon miroir. J'essaye de dessiner ses lèvres dans la marge de mon cahier. Je m'applique à tracer chaque ligne avec précision. Je fais des dizaines de tentatives mais je suis sans cesse dérangée. Les autres élèves bougent trop, lui se tourne ou, pire, les professeurs m'interrogent et moi, je bégaye. Le soir, dans ma chambre, je cherche les bonnes couleurs. La teinte de ses lèvres plus foncée, plus brune que rosée, et celle de ses yeux, entre la sève séchée d'un marronnier et l'ambre au soleil, je n'avais jamais vu ça. Et ses cheveux noirs, si noirs, sans coupe précise, ni courts ni longs, vivant au rythme de ses mouvements.

Le jour lui, le soir lui, la nuit aussi.

Dans mon lit, j'imagine tout ce qui nous sépare jusqu'au jour d'après. Camille qui rentre à pied en longeant la grande route, se parlant à lui-même des arbres tropicaux qu'il aimerait voir au moins une fois dans sa vie. Camille qui arrive devant chez lui, sort une clé nue de la poche extérieure de son sac, l'insère dans la serrure, n'est pas surpris de déverrouiller la porte, car sa maison est toujours vide à cette heure de l'après-midi, met sa main sur la poignée de l'entrée, ouvre et monte les marches pour rejoindre sa chambre. Il ne jette pas son sac par terre, mais le pose contre son bureau. Oui, dans sa chambre il a un bureau, avec presque rien dessus. Juste un espace, vide et clair, pour travailler. Camille n'aime pas le superflu. J'imagine qu'il fait ses devoirs tout de suite pour s'en libérer. Le dos bien droit, assis à son bureau, il ferme un œil quand il réfléchit à son problème de maths. Il ne le fait pas exprès, ça l'aide à se concentrer pour mieux voir la réponse dans sa tête. Lorsqu'il la trouve, il serre le poing de sa main droite, celle qui n'écrit pas. Un jour en classe, il a parlé d'un instrument bizarre, le thérémine. Il a dit qu'il en jouait mais personne ne savait ce que c'était. Depuis je n'ai qu'à fermer les yeux pour le voir s'exercer pendant des heures. J'imagine que je l'écoute comme si je cherchais à traduire une conversation. Et souvent je crois entendre un déchirement entre deux orques. Dans mon esprit, il trouve ça beau et moi je le trouve sublime. Camille n'aime ni la foule ni la cacophonie. Camille est subtil et précis, peureux et inquiet, en dehors de notre époque. Déjà à onze ans, je le voyais comme le pas de côté qui nous rappelle que le monde auquel on s'est habitué est complètement fou.

Et parfois, j'imagine son odeur. J'essaye de la composer avec les senteurs que je connais et que j'aime. Il y a du café et du sel, c'est sûr.

Mes pires journées d'école sont celles où il est absent. Quand elles arrivent, je panique à l'idée qu'il ne revienne jamais.

Ce soir, sur le parking du camion à pizza, je me suis garée à la va-vite et tout en retirant mon casque je me suis approchée pour l'embrasser. Hissée sur la pointe des pieds face à lui j'ai attendu. Et là, il a reculé.

Ensuite plus rien. Jusqu'à ce que je rentre. Plus de son, ni d'image.

Non, vraiment, je ne sais pas ce qui est arrivé.

Chloé

Dans un silence digne d'une nuit de campagne, je gravis l'escalier. Chaque marche me rapproche d'un grognement régulier. Je suspends mon ascension. On ne parle jamais des grands-mères qui ronflent. Comme si elles devaient dormir paisiblement, telles de vieilles belles au bois. Pourtant, je n'ai jamais entendu de ronflements plus assourdissants que ceux de Léo. J'ai même déjà surpris Jacques s'en plaindre. Il ne s'est jamais habitué aux vrombissements nocturnes de son épouse.

Lentement j'ouvre la porte et perçois, dans la pénombre, le corps lourd de Léo. Couchée sur le côté, bien à droite. La place de Jacques est libre. Il va en falloir des nuits avant qu'elle s'autorise à s'étaler. J'attrape un coussin, le pose au pied du lit, et m'assois en tailleur. Pendant de longues minutes, j'observe le corps de ma grand-mère gonfler et dégonfler. Entre deux respirations, je distingue le bruissement du vent dans les arbres. Je pense au mot « grand-mère » qui ne veut rien dire. Léopoldine est une racine, une sœur refuge ou une amie *in utero*. Ce qui nous relie dépasse notre histoire. Rien à voir avec une grande-maman. Une expression d'un banal offensant. Cela voudrait dire qu'il y en a des petites et d'autres à la bonne taille ? C'est absurde.

J'ai envie de la toucher. Avant je pouvais passer des heures à la caresser. Mes doigts d'enfant parcouraient sa terre plissée en s'inventant un monde. Je me rapprochais de la surface, cherchant à percevoir l'invisible dans les sillons. Je parlais à cette peau vivante et capable de me répondre. Chaque mouvement étirait mon terrain de jeux, créant de nouveaux espaces pour l'audace. Les poils se hérissaient et ce sol se jonchait d'obstacles. Je lui répétais combien j'avais hâte d'avoir la même, trépignant d'être vieille, et elle de rire, drapée dans une gêne que je ne comprenais pas. Plus j'étais fascinée, plus Léopoldine se désolait de ce qu'elle découvrait flasque et pendant. Ce qu'elle voit comme l'expression de la fin, moi j'aimerais m'y blottir pour l'hiver.

Je ne sais pas pourquoi je suis venue dans sa chambre. Après avoir fermé le restaurant ce soir, je ne pensais qu'à ça : être près d'elle, me coller à sa solitude. En pensée du moins. Je ne voudrais pas la réveiller. Faire illusion, remplir l'espace que Jacques ne prend plus.

Léopoldine

Dans le vestibule détale le pas lourd des petits corps aussi excités qu'épuisés. Mes enfants tracent comme des dératés. L'aîné a dix ans. L'œil fou et les vêtements humides de transpiration, ils surgissent dans la cuisine chaque jour à la même heure. C'est notre moment, le seul qui me ravit vraiment.

Un rituel auquel je me tiens, m'accroche, la bordure de ma robe de mère, rôle cousu à la peau. Il y a tant de choses que je ne fais pas et laisse fuiter par ennui, tant de missions qui m'incombent et me barbent. Celle-ci, je l'aime et la remplis avec joie.

Après le déjeuner, le rangement de ma cuisine et mon repassage, je commence à préparer le nécessaire. J'enlève la nappe tissée et sors la toile cirée. Il faut être réaliste. Nous ne sommes pas bien riches mais le goûter, c'est important chez nous. Le secret est la diversité. Pain, brioche, beurre, miel, confiture de fraise, d'abricot et une tablette de chocolat. Je commence à faire chauffer le lait quelques minutes avant l'heure fatidique, à feu doux. Je le surveille et j'attends qu'il frémisse. Peu à peu la peau se forme. Je la conserve pour

Sylvain et Anne, la retire pour Marjorie que cela dégoûte au plus haut point. Quatre bols, quatre cuillères, quatre serviettes. Et au centre de la table carrée, des couteaux ronds. Chaque jour le même rituel. Je ne saurais dire pourquoi mais je m'en délecte. Une fois la table mise, je prends un temps. Je la constate, identique à celle de la veille et en tout point à celle de demain. Jacques trouve ridicule le *mal* que je me donne. Il ne comprend pas que, pour une fois, je ne me donne que du bien.

Le gravier crisse, la porte d'entrée s'ouvre, course dans le couloir. Ils freinent tous dans l'encadrement de la cuisine. Sylvain est essoufflé, la queue-de-cheval de Marjorie complètement avachie et Anne n'est qu'à un coup de langue de son nez dégoulinant. Je tire ma chaise et m'y assois religieusement.

– Bonjour, les enfants.

Se bousculant joyeusement, ils passent le pas de la porte et s'assoient, face à moi. Les yeux rivés sur la table devant eux, mes trois enfants, en apnée, guettent la phrase.

– Aujourd'hui c'est toi, Anne, qui as la main.

– Moi d'abord… j'aimerais du pain avec du beurre…

Elle s'affole.

– … et du miel !

Je coupe le pain.

– Et toi, Marjorie ?

– Moi… Du pain aussi mais avec du chocolat.

– Sylvain ?

– De la brioche, avec du beurre et de la confiture de fraise et après…

– Après on verra. Ce n'est que la première manche.

D'un regard, Sylvain consent. Je distribue les tranches comme des cartes à jouer. Ils regardent mes mains danser au-dessus de la table. Anne m'observe, curieuse.

– Et toi, Maman ?

– Mmmm, moi, je vais prendre une tartine de brioche que je vais faire légèrement griller…

Leurs mouvements suspendus, ils ne me lâchent pas du regard.

– … et puis j'y mettrai du beurre…

Sylvain repose son couteau.

– … et ensuite du miel.

– Maman, tu dis la phrase ?

La tendresse m'envahit, c'est vrai.

– Les jeux sont faits, rien ne va plus.

Comme une libération, nous nous jetons sur notre gourmandise.

Un demi-siècle plus tard, de nouveau face à moi, ils ont l'air minuscules. Voire ratatinés.

Anne n'est pas là. Elle ne supporte pas. J'ai peine à le dire, mais c'est ainsi. Elle ne veut plus de nous.

Enfin. Maintenant, il ne reste que moi.

Autour de la table personne ne parle. On se scrute beaucoup, on s'évite aussi. J'entends crépiter dans ma cuisine mais ce n'est pas le moment d'y aller. Je ne veux pas baisser le regard, ils risqueraient de prendre cela pour de la faiblesse. Derrière eux, le mur a changé. La lumière du jour fait mentir les couleurs. D'habitude si terne, le papier peint paraît chaud, presque mouvant. Je vois ma fille se placer et se replacer sur sa chaise, on dirait que quelque chose lui pique le derrière. Mon fils, lui, complètement statique, a coincé ses mains sous ses cuisses bien serrées. Il se racle la gorge comme s'il allait commencer une phrase. Pourtant, rien ne sort. Ils semblent attendre quelque chose. Je ne dirai rien, je ne bougerai pas. J'ai lu un article dans le journal d'hier sur ce qu'ils appellent la communication non verbale. Croiser les bras, c'est un signe de refus. Ou de défense, je ne sais plus. Alors, les bras croisés, je ne quitte pas des yeux la théière devant moi. Sylvain me connaît bien, il m'a beaucoup observée quand il était petit. Parfois, je le surprenais en train de me fixer comme s'il cherchait à résoudre une énigme.

Ma colère est un moteur. Un moteur alimenté régulièrement, qui tourne depuis toujours et ne demande qu'à s'emballer. C'est grâce à elle que j'ai tenu toute une vie. Elle me protège. Elle attaque pour prouver que je suis capable de me défendre. Je sais bien que ce n'est pas facile pour ceux qui m'entourent, que c'est même injuste, mais je n'ai jamais réussi à faire autrement. Si je la fais taire, je m'abîme. Et pour ce qui est de m'abîmer, les autres s'en chargent déjà assez.

Je suis comme ça et si ça ne convient pas, *à dégager*.

Ce qui vient d'être dit à l'instant mérite que je me débatte. Je me sens devenir imperméable. Sylvain le sait, il ne fait pas le poids.

– Mais, Maman, on en a déjà parlé des dizaines de fois…

– Et pourquoi je ne pourrais pas ? Je fais tout depuis toujours, non ? Le ménage, le linge, les repas…

– Sylvain a raison, tu ne conduis plus… Comment tu vas faire tes courses ?

– Je peux très bien conduire, c'est juste que ton père veut toujours prendre le volant – tu sais comme il est –, alors pour lui faire plaisir je le laisse mais je peux très bien conduire !

– C'est pas sérieux, Maman.

– C'est pas sérieux, c'est pas sérieux! Mais si c'est très sérieux! Vous me balancez ça comme une blanquette sur le tapis, mais on aurait dû en parler avant! Bien avant, oui, et pas là comme ça. C'est n'importe quoi…

Marjorie soupire.

– Ça fait au moins trois ans qu'on essaye d'aborder le sujet.

– Bah, elle est bien bonne, celle-là! Je m'en serais souvenue. Ça ne s'oublie pas, une discussion pareille.

Ils se regardent. L'air manque dans la pièce.

J'entends le crissement des doigts moites de Marjorie sur la surface glacée de sa brochure à la noix. Elle croit que je n'ai rien vu tout à l'heure. Sur la couverture il y a deux petits vieux, à l'expression bien trop ravie, plantés sur un parvis, rangés sagement dans leurs fauteuils à roulettes. Derrière, ils leur ont collé une dame sûrement très sympathique à l'air complètement idiot.

– Marjorie, n'essaye même pas de me sortir ce machin de sous la table!

Avec une surprenante douceur, Sylvain pose la main sur le poignet de sa sœur pour prévenir son geste.

– Attends, Marj… Maman, c'est quoi, les autres options?

– Bah… vous me laissez vivre ma vie, dans ma maison, comme toujours.

– Bon, OK, admettons. Et si tu tombes?

– Mais je ne tombe pas! Tu m'as déjà vue tomber, toi? Bon bah voilà, je ne vois pas pourquoi je me mettrais à tomber alors que je ne tombe jamais! On ne se met pas à tomber comme ça, d'un coup! Et vous pouvez aussi oublier votre machin au poignet, je ne veux pas d'un bip qui me couine dessus du matin au soir.

Sylvain se sert du thé. Moi je peux toujours courir.

– J'entends que le changement puisse être brusque, Maman. Je comprends que ce soit difficile.

– Ne me parle pas comme à tes clients.

– Patients, Maman, ce sont des…

– Oui oui, ne me sers pas ton charabia de psy à la noix.

– Ce n'est pas ce que je cherche à faire, j'essaye juste de communiquer.

Marjorie a bondi. Et renifle. Encore.

– OK, donc moi je suis la vilaine fille qui veut remplir le dossier et toi le fils chéri qui comprend et reste formidable ! C'est par-fait.

Sylvain se tourne vers sa sœur et lui parle plus bas. Je n'entends plus rien.

– Mais vas-y, continue, Sylvain, tu as toujours fait ça de toute façon.

Encore plus bas. J'ai l'impression d'avoir cinq ans, ça commence à m'agacer sévère.

Marjorie change de ton.

– On ne peut pas te laisser seule à la maison. Même Papa nous en avait parlé.

– Ah ! Voilà autre chose ! Écoutez-moi bien les enfants, votre père dit ce qu'il veut, mais maintenant il n'est plus là. Moi, oui. Et il est hors de question que je quitte ma maison. Encore moins pour la résidence des vieux croûtons. Est-ce que vous m'avez bien comprise ?

Je bouillonne.

– Tu vas où ?

– Où je veux, figure-toi. Mais pour le coup, je vais éteindre mon feu et faire de l'ordre dans ma cuisine. Vous m'avez mis un bazar pas possible la semaine dernière. Les plats sont rangés n'importe comment.

Je rassemble mon énergie. Marcher à une vitesse normale. Me concentrer pour ne pas leur donner raison. Bien sûr que je suis capable de me débrouiller seule.

– Et ça ne sert à rien d'en reparler !

Chloé

Dans ma chambre d'adolescente, allongée sur mon lit, je ne fais rien.

J'ai la voix des autres dans la tête. Je n'en peux plus de m'entendre dire que j'ai le temps. La vie devant moi, à ce qu'il paraît. Justement, devant toute cette vie qui s'étend je suis terrifiée. Il faut la rendre valable, cette existence, la remplir, lui donner quelque chose à manger pour qu'elle grandisse, s'épanouisse, ne se gâche pas. C'est une trop grande responsabilité. Toute une vie entre mes mains. J'aurai le temps, prétendent-ils, mais ils disent aussi que ça passe en un battement de cils. Ceux qui comptent les jours qu'il leur reste, les perdent à lister leurs regrets. Je les écoute et je les vois s'user à tenter de saisir entre leurs doigts l'eau qui coule. Alors sans relâche je m'efforce d'occuper cette vie. Et comme le chien à qui l'on fait croire qu'on a lancé le bâton, je cherche une diversion face au vide qui, quoi qu'il arrive, ne disparaîtra jamais. C'est un fait, le vide ne peut disparaître.

Un à un, je regarde les murs, les meubles, les objets. Je ne reconnais pas ce qui m'entoure. Ma mâchoire se contracte. Cette pièce est un pot-pourri de ma vie. Encore, j'observe les murs. Ils n'ont pas eu d'autre choix que d'accueillir les errances identitaires d'une jeune fille qui grandit. Des posters punaisés, du Scotch arraché, des tentatives de dessins à même le papier peint. Ils forment la carte des chemins que j'ai voulu parcourir et de ceux qui m'ont fait faire demi-tour.

Sur l'étagère tout en haut, ma vieille collection d'ours polaires. Il y en a de toutes les tailles, de toutes les formes, en bois, en pierre, en céramique, en bronze, en laine tricotée. C'était l'âge où je voulais sauver l'espèce de son extinction, j'avais lancé une pétition dans le voisinage. Chaque jour, après l'école, armée de mon plus beau sourire, celui auquel les deux dents de devant manquaient, je frappais aux portes des maisons du quartier. Sans trop savoir comment, j'arrivais à capter l'attention. Pourtant les gens ne voulaient qu'une chose : refermer la porte.

En dessous, mon vieux doudou momifié par la poussière trône à côté des CD que je n'écoute plus. Personne n'a été capable de définir l'espèce animale qu'il est censé incarner. Ni chien ni ours, Ani a toujours été qualifié d'hybride. Ani. C'est ma mère qui l'a baptisé comme ça. Animal Non Identifié. Fait d'une toile de polyester bleu canard couverte d'un vinyle imperméable, loin du moelleux habituel des peluches. Ani a les quatre pattes et la face toutes rouges. Sur sa tête, deux longues oreilles de cocker et, au milieu de la figure, une truffe jaune sur laquelle quelques points de couture au fil rose dessinent un sourire. C'est avec Ani que j'ai découvert l'apaisement. Dès que je le pouvais, machinalement, mes doigts le caressaient. Pas une caresse ordinaire comme celles que l'on fait sur la peau, avec tous les doigts ou la paume de la main. Une caresse rien qu'à moi. Comme les chats ronronnent pour se calmer, j'ai trouvé ce qui me faisait du bien. Mon plaisir n'a besoin que d'un pli de tissu.

Ani est la preuve d'une enfance dont je n'ai aucun souvenir.

Bien sûr, j'ai eu l'âge des enfants, personne n'y échappe. Mais je ne suis pas capable de rapporter les faits, les pensées insouciantes. Je n'ai aucune mémoire de la légèreté. Alors qu'en réalité elle a forcément existé, même brièvement. Je cherche souvent à convoquer le passé et constate bien vite que seule la vie avec Léo a fait trace. Pour le reste, il y a mes notes.

Petite, je me levais la nuit pour écrire sur un cahier toutes les questions que je me posais. Je consignais mes inquiétudes, développais mes incompréhensions. Sur le papier, je me parlais comme on se livre à une amie. De temps en temps, le sommeil étant plus fort que l'anxiété, je sombrais pour la nuit. Le lendemain, je m'en voulais de ne pas avoir eu le courage de me relever pour garder une trace de mon interrogation, faisant ainsi avorter tout espoir de réponse.

Si mes pensées m'avaient laissée en paix, aujourd'hui, je saurais qui je suis. Et j'aurais toutes mes dents. J'ai bien compris que moins on se pose de questions, plus l'existence est simple. J'envie celles et ceux qui ne s'interrogent sur rien, qui ne sont pas réveillés au beau milieu de la nuit par le tourment de vivre.

Un soir, alors que j'aurais dû dormir, j'ai entendu mes parents. Ni agacement ni agressivité dans leurs voix, ce n'était pas une dispute. Le sujet de la discussion m'échappait. Ce qui me semblait flagrant, c'était leur inquiétude. J'ai entendu mon père dire *Mais qu'est-ce qu'on va faire de Chloé?* Et ma mère répondre *Je sais pas... Faut qu'on trouve une solution.* J'ai répété la phrase dans ma tête. Une fois, deux fois, dix.

Et j'ai compris : je suis en trop. Il faut me mettre ailleurs. Qu'allaient-ils faire de moi ?

Ils pourraient partir maintenant, sans faire le moindre bruit et ne jamais revenir, me laissant seule pour toujours.

J'écoute. J'essaye de repérer le son d'une valise qui se ferme, prouvant les préparatifs d'un départ précipité.

Rien.

Dans ma tête les images apparaissent, sans besoin de raison. Mon esprit modélise l'espace et ceux qui s'y trouvent, je vois leurs expressions et, parfois même, j'entends leurs pensées.

Ils sont sûrement en train d'étudier la carte de France en silence, esquissant leur itinéraire du bout du doigt.

Je me lève et je fais des pompes. Des pompes d'enfant. Hors de question de me laisser emporter par le sommeil.

Ils pourraient être encore plus malins et m'envoyer en colonie de vacances pour quitter le pays tranquillement.

Moi, sept ans et demi, j'ouvre mon armoire et en sors mon sac à dos, celui que je prends pour les sorties scolaires. Dedans je mets un pull, des chaussettes, les bonbons récupérés à l'anniversaire de Sarah, mon carnet avec le cadenas et le stylo intégré, tout l'argent de ma tirelire et Ani. Si ce que je pense se confirme, je devrai trouver une brosse à dents quelque part.

Rien de tout cela ne s'est confirmé. Mais, depuis, j'ai mon sac de survie caché sous mon lit. Jamais mes parents ne l'ont su.

Cette sensation de ne pas être au bon endroit ne m'a plus quittée.

J'inspire.

Respirer me demande une vraie concentration. Pas comme les autres qui ont l'air de ne même pas y penser.

Un peu partout, collées au mur ou encadrées, des photos de Camille et de moi. Moi, toute petite puis adolescente, moi plus jeune, et nous deux, main dans la main, il y a à peine quelques mois. Personne d'autre sur ces murs. Avant, il y avait d'autres photos, d'autres personnes. Mais je suis maudite avec les autres. Je n'arrive pas à créer de lien simple. Ce n'est pas la solitude qui m'inquiète. Je connais bien ça : n'avoir personne auprès de soi. C'est bien sans personne que je me suis faite. Apprendre seule à regarder l'ensemble. Cela demande parfois de se compartimenter, de se morceler, d'inventer de nouveaux yeux. Exister par moi-même, sans rien attendre, voilà ce que je sais faire.

Je regarde en silence les vestiges d'une fille qui a décidément disparu. D'ailleurs je ne devrais plus être là. J'étouffe ici et pourtant rien ne me pousse autre part. Mes journées sont molles et sans caractère. La seule chose que je dois faire, c'est être au boulot tous les soirs à la même heure. Un job qui ne m'apprend rien à part le ressentiment. Le regard des gens sur moi n'est pas le bon.

Les cloches de l'église d'en face sonnent, pourtant il n'est pas 10 heures. Comme chaque fois, je suis aimantée. Je dois voir. Alors je me lève, j'ouvre la fenêtre et je m'accoude au balcon. Que le spectacle commence. Un cercueil apparaît à la porte de l'église, porté par quatre hommes faisant, à juste titre, une tête d'enterrement. Un décès donc. Je les ai toujours préférés aux mariages, qui me donnent plus de fil à retordre. Ma première question est toujours la même : qui est mort ? Je trouverai le début d'une réponse quand je verrai apparaître la première ligne de proches. Si c'est une femme âgée qui sort la première, le mort est sûrement son mari. Il est peut-être mort de vieillesse. Si elle pleure frénétiquement, sa mort était brutale. Si elle est usée de chagrin, c'est une longue maladie. Un cancer à coup sûr – on mourra tous d'un cancer à ce qu'il paraît, à moins que le monde nous avale avant. Si la femme a l'âge de ma mère, c'est peut-être la fille du défunt ou bien le défunt est un jeune époux, le mari de celle-ci. Mais il est possible que ce soit la mère qu'on enterre et, si le père est absent, c'est qu'il est déjà mort. Trop de possibilités.

L'assistance sort et s'arrête sur le parvis. Deuxième salve. Chacun me donne un peu plus d'indices sur qui est là, froid et dur, dans cette boîte en bois. Plus il y a de monde, plus le disparu est regretté. Plus il y a d'enfants, plus j'oscille entre un grand-père et un entraîneur de sport, voire le membre éminent d'une association de quartier. J'ai tendance à penser que c'est un homme à qui l'on dit adieu. Je ne sais pas pourquoi. Je scanne chaque visage depuis mon balcon. De ma fenêtre, j'ai du mal à lire sur les lèvres, mais je vois les mouchoirs, les tenues des unes, les costumes des autres. Les vêtements m'aiguillent sur la classe sociale des proches du défunt et sur leur degré de traditionalisme. L'ultime question demeure toujours : sont-ils tristes ou soulagés ?

De l'autre côté de la porte, les hurlements ne s'arrêtent plus. Voilà maintenant trois mois que le petit est né et même si je le savais : un bébé, ça fait du bruit. Plus que moi en tout cas, c'est sûr. Moi, je me suis tue il y a longtemps pour les habitants de cette maison. J'ai fini par comprendre qu'il valait mieux ne plus essayer de faire partie d'un tout qui ne voulait pas de moi. Pas de place libre, toutes occupées. Dans le salon, il y a un cadre en trois parties, sous chacune d'elles, un prénom. Sylvain, Valérie et Gabriel. Et au-dessus, en lettres de bois : *Notre Famille.*

Alors j'ai cessé de faire semblant. Même répondre à leur intérêt feint devenait trop douloureux. Je ne fais que passer. Je sens que bientôt on me demandera un loyer, comme à n'importe quelle colocataire.

Mon téléphone, face contre le matelas, me regarde. C'est la photo de Camille et moi coincée dans la coque transparente qui m'observe. Elle transpire un bonheur obscène. Frénétiquement, je le retourne pour voir si, à tout hasard, il m'a écrit. En réalité, je le sais, il n'écrira pas. Il n'écrira plus.

Mes mâchoires.

De toute façon, depuis l'autre soir, je suis à côté de mon corps. Je ne l'habite plus. Je n'ai pas fait exprès, je n'en ai même pas conscience, il ne m'a rien demandé. C'est une forme de préservation, une technique pour ne pas vriller. Je ne peux pas gérer toutes ces disparitions d'un coup. Je dois prendre soin du seul être qui me reste.

Léopoldine

Je prends la valise bordeaux avec les bouts arrondis et la poignée en faux cuir. Ça doit faire vingt-cinq ans qu'elle est dans ce placard. Depuis notre voyage à Florence. Vingt-cinq ans. Quand même. Comme c'était beau, Florence… On en a eu de la chance de voir l'Italie, parce que c'était franchement mal emmanché. Enfin… C'est fini tout ça.

Que dois-je prendre ? Pour combien de temps ? *Pour toujours, ma vieille, dis-toi que c'est pour toujours. Mais rassure-toi, au rythme où ça va, toujours c'est plus très long.*

Alors j'ai pris un peu de tout et de n'importe quoi. Vêtements, trousse de toilette, mes pilules, la boîte pour mes dents, crème de jour, crème de nuit. Dans mon coffre à bijoux, mon médaillon, et dans la commode, ta carte bleue. La mienne, ça fait des années que je ne l'ai pas vue. J'hésite à emporter notre photo de mariage. J'étais franchement pas mal, hein ? C'est absurde de me trouver belle et jeune sur une photo qui a plus de soixante ans. Pourtant, c'est vrai. Ce visage et ce corps étaient les miens. J'avais écouté ma mère pour une fois et j'avais bien fait. Mes cheveux, encore longs, étaient relevés en chignon comme tu aimais. D'ailleurs, les cheveux t'importaient peu, c'est mon port de tête qui te plaisait. Tu disais de mon cou qu'il était une ligne qui s'élançait, comme un tracé au fusain. Marjorie a le même. Chloé aussi. Tu as l'air si fier sur cette photo, Jacques.

Il faut que je me presse, notre petite ne va pas tarder.

Du bout de l'index, je coince mes lacets à l'intérieur de mes souliers. Je viens de mettre dix minutes à me chausser, si en plus je dois réussir à faire un nœud… Et dire que je commence à avoir du mal à me saisir de la poignée de la porte. De toute façon, cette porte ne s'ouvrira plus et j'entends Chloé en bas.

Léopoldine

Jacques n'a jamais trop fait attention à sa voiture. Tout ce qui comptait pour lui, c'était qu'elle roule le plus longtemps possible. Il trouvait indécente la façon dont la marque, le prix ou les performances d'une machine pouvaient tant compter pour les autres. Chloé lui a dit un jour que l'obsession de la taille et de la puissance était une préoccupation bien masculine. Elle est marrante, ma petite-fille. Il a haussé les épaules. L'idée que son engin soit repéré à chaque entrée en ville lui déplaisait fortement. Il n'aimait pas être vu, ne cherchait pas à être le centre de l'attention. Quand les enfants étaient petits, il fallait que la voiture puisse nous transporter tous les cinq, puis plus tard, en bon pragmatique, il ne souhaitait qu'une chose : qu'elle résiste à l'épreuve du temps. La conscience écologique n'existait pas encore. Nous ne sommes pas de cette génération où l'on n'a plus le choix de savoir. Nos guerres résonnent encore trop fort pour imaginer nous battre de nouveau, surtout contre un ennemi invisible. Et à vrai dire Jacques n'était pas contre grand-chose, sauf le changement, qu'il était le dernier à initier.

Chloé met le contact.

– Ça va ?

– Mais oui, très bien ma chérie.

Elle insiste du regard, attendant une confirmation.

– Allez, démarre.

Chloé débraye, passe la première et accélère. La voiture avance.

Je sens son œil en coin posé sur moi alors je regarde la campagne défiler. Je crois qu'elle ne sait pas où on va. Mais moi, je suis sûre de ne jamais revenir. Si on se fait prendre, si quelqu'un nous rattrape, je finirai dans cette résidence et j'y mourrai. Pour mettre toutes les chances de mon côté, j'ai dit au revoir à ma maison et à presque toute ma vie. Même que, ce matin, assise au bord de mon lit, je me suis surprise à parler à Jacques.

Je sais très bien qu'il n'y a rien après la mort et que personne ne monte nulle part, mais j'avais besoin de m'expliquer. Il fallait que je te dise tout haut pourquoi je m'en vais, pourquoi je quitte notre maison. D'abord, ce qui est sûr, c'est que ma petite-fille ne m'abandonnera pas, elle. Oui, parce que j'ai franchement tous les droits de t'en vouloir. Quoi qu'on en dise, tu t'es fait la malle en douce. Ni au revoir, ni merci, ni rien. Soixante-six ans de mariage et pas un mot. Mais moi ça ne me va pas du tout que tu sois parti sans que je puisse te dire le fond de ma pensée. Une vie entière que j'ai passée à n'être que pour toi. J'aurais préféré naître tout court si on m'avait demandé mon avis. Une existence régie par la tienne, rythmée par tes départs, tes absences et tes retours. Tu trouvais ça tout à fait normal, n'est-ce pas ? Que tout s'organise ainsi. Là, tu rétorquerais sûrement que rien n'était pour toi vraiment, mais tout pour nous, pour la famille, parce que c'est comme ça que cela doit être. J'aurais bien aimé t'y voir. Tenir la maison, vous nourrir tous, être disponible et disposée pour toi et tes enfants. Sans week-end, ni congés. Sans rémunération non plus.

Être dans le monde m'a manqué, Jacques. Même si j'ai essayé, jamais je ne te l'ai dit ainsi, c'était trop pénible à avouer. J'aurais voulu participer à la vie en dehors de vous. Avoir des collègues, des décisions à prendre, des dossiers à remplir et à envoyer à des gens qui les attendent. J'aurais tant aimé avoir à penser à des choses plus spécifiques que la routine du quotidien. Rien ne m'a jamais excitée. C'est la joie de me sentir vivante qui m'a manqué, celle d'être utile par ma tête.

Alors oui, d'accord, je ne travaillais pas comme certaines femmes ou comme celles d'aujourd'hui, mais j'avais la sensation d'en faire dix fois plus que toi, figure-toi. Je n'ai jamais calculé, mais j'aurais pu. Compter l'attente déjà. Sous toutes ses formes. Attendre mes règles chaque mois, attendre un enfant, puis deux, et trois, attendre de pouvoir récupérer un corps qui fonctionne, attendre que tu rentres pour dîner, que tu partes pour faire le ménage, attendre que les enfants reviennent de l'école, qu'ils grandissent pour enfin attendre la ménopause. Et là, attendre encore, la fin des fins. Qui a fait attention à celle qui toute sa vie a attendu que d'autres vivent ? Ma seule carrière fut de devenir une épouse dévouée. Pour que tu continues tes études, que tu puisses travailler et te sentir soutenu. Je t'ai nourri et j'ai élevé tes descendants. Je me suis même laissé grimper dessus. Plus de fois que de raison. J'ai fait en sorte de ne pas avoir les bébés que je ne voulais pas après avoir eu ceux que tu voulais. Ceux que je devais avoir pour faire comme il fallait. J'ai veillé sur toi avant la guerre, pendant la guerre et puis chaque jour ensuite. Toute ma vie n'a tourné qu'autour de toi et tu oses filer le premier ?

Non, je ne suis pas contente. À cause de ta démission, je me retrouve à fuir. Oui, fuir, Jacques. Pour ne pas finir au fond d'un lit télécommandé, coincée dans une chambre beigeasse, donnant sur une salle de bains en carton. Pour ne pas me retrouver avec une inconnue qui crie par habitude et me frictionne d'une main gantée de plastique à usage unique. Je dois fuir pour vivre encore un peu. Je ne pensais pas en arriver là un jour. Marjorie m'a dit *Ne t'inquiète pas, Maman, tu as encore un peu de temps avant qu'une place se libère, et ensuite on t'accompagnera et on viendra te voir souvent.* Mon œil qu'ils viendront souvent, ils disent tous ça. Quoi ! Il faut en plus attendre qu'un autre casse sa pipe pour avoir la chance de profiter de sa place ? Je sais encore dire non et prendre des décisions pour moi-même, nom de Dieu ! Quand je repense à leurs naissances, aux nuits passées près d'eux, ils ne manquent pas d'air. *Trop présente*, m'a même dit Marjorie une fois. Ma mère s'éreintait à l'usine pour nourrir des enfants qu'elle voyait à peine et on me dit ça, à moi ? Et Anne… Je ne sais pas ce qu'on a fait de mal. Je ne comprends pas pourquoi elle n'appelle plus, pourquoi elle est si loin. Son absence me rend si triste, Jacques. Ton départ m'a fait croire à son retour, mais non. Elle s'efface encore davantage.

De toute façon, la maternité n'est qu'un immense désert sans route, ni panneaux. Plantée là, un enfant accroché au corps et une conscience aiguë de la responsabilité accrochée à l'enfant. Ma volonté de bien faire était aussi puissante que mon absence d'instinct. Juste la certitude que cette vie moelleuse, cette vie toute rose n'avait que moi. Je leur ai donné tout ce que j'ai pu, sans mesurer ce qu'ils m'ont pris. Et toi, jamais tu n'y as fait attention.

Chloé

Sa main gauche serre l'assise de son siège. Les ongles blancs et striés de ses doigts cramponnés s'enfoncent dans le revêtement gris. Je le sens bien, ma grand-mère est inquiète. Dans le rétroviseur, elle fixe sa maison qui rapetisse. À croire que ce n'est pas elle qui part, mais la baraque qui s'en va. Je suis sûre qu'elle se demande pourquoi elle a dit oui. Moi-même, je ne sais pas ce qui m'a pris. Dans mon vieux sac de cours j'ai jeté en vrac deux jeans, quelques T-shirts et la lettre que j'ai écrite à Camille quand on était tout petits, celle qu'il n'a jamais lue. Et puis c'est tout. Et voilà, je panique. Il n'aura pas fallu longtemps.

– Ne roule pas trop vite, ma Chloé chérie.

Le cadran indique 77 kilomètres à l'heure. Je souris.

– On va se faire la belle vie, ma Léo !

– Oui, d'accord… Mais… où ?

– J'ai repéré un petit Relais & Châteaux, tu m'en diras des nouvelles.

– Un château ?

– Oui, madame.

Ses yeux s'écarquillent sans oser me regarder. Elle rougit. Je ne sais pas si c'est de honte, de peur ou d'excitation.

– Aie confiance, je sais ce que je fais.

J'attrape sa main et l'embrasse. Voilà. Son regard apaisé me rassure.

Je ralentis. Je ne veux brusquer personne. Ce départ reste un déchirement. Même si elles commençaient à moisir, c'est dur d'arracher des racines.

La route file et Léo s'endort. Je n'ai plus à faire semblant. Camille revient dans ma tête et ma vue se brouille. Ma douleur est trop vive pour conduire sereinement, mais je refuse de me laisser faire. Ce que je ressens est nouveau. L'intensité de l'émotion est dense dans ma chair. Je n'étais pas armée pour ça. Des bribes de notre dernière heure me reviennent. Sa voix qui cherche ses mots. Son regard fuyant. Chaque réminiscence pique et brûle à la fois. C'est l'idée que je me fais de l'aiguille qui perce la peau pour y injecter de l'encre. Une marque irréversible.

Alors je me force et cherche une pensée un peu moins pénible, ou juste une autre pensée. N'importe laquelle fera l'affaire.

Mon père découvrant la lettre sur son bureau en rentrant ce soir. J'imagine qu'il ne la trouve pas tout de suite, pris par le petit, Valérie et la vie. Je les vois dîner tous ensemble sans se rendre compte qu'il manque quelqu'un. Je conçois même qu'ils puissent aller se coucher en oubliant mon absence. Et puis peut-être se dira-t-il que je fais un extra au restaurant. Ça l'arrange. Il sait bien s'arranger avec la réalité, mon père.

Avant, nous deux, c'était quelque chose. Mais il y a un certain temps, notre lien s'est comme dissous. Je n'en parle pas. Nommer cet effacement est éprouvant, rend tout trop réel. Sans heurt, il a simplement cessé, peu à peu, d'être mon papa. Il s'est lentement détaché de moi. Quand je tente de le retenir, il s'évapore. Sylvain s'est désintéressé au point de ne plus essayer de faire semblant. Je sais qu'il n'a jamais voulu de moi. Vraiment, je veux dire. À l'époque, quand il a su que j'allais exister, ne s'imaginant ni refuser ni partir, il a dit oui. Mais il ne voulait pas. Pour lui, mon enfance a été un long sursis avant de reprendre *sa* vie. Que je sois assez grande pour qu'il puisse enfin se dégager de ses responsabilités. Alors, quand l'année dernière il m'a annoncé l'arrivée d'un nouvel enfant, je n'ai pas compris.

Il est étrange, ce père. Mon père. Si loin des autres. Lorsque, assises en cercle dans la cour de l'école, les filles parlaient de leurs papas, quelque chose me dépassait. Elles décrivaient la taille de leurs mains, l'ambiance imposée par leur voix, et la colère qui les emportait plus ou moins souvent. Ils étaient le corps de l'autorité et la voix qui rugit. Elles les racontaient avec fierté, il fallait en avoir peur. Si le père inquiète, il peut protéger. Et quand ce n'était pas par leur présence écrasante, c'était par leur absence totale qu'ils brillaient.

Mon papa aurait été bien incapable d'incarner tout cela. Il n'a jamais été brusque ou violent. Il prenait le temps d'expliquer les choses de la vie, du mécanisme des machines aux émotions des humains. Mon papa répondait patiemment aux questions, même celles qui rendent fou, et à tous mes *pourquoi ?* Il savait imiter les voix, séchait les larmes avec un sourire et faisait pipi assis. Je ne connaissais personne comme lui et aucune relation comme la nôtre, avant, quand j'étais petite. Quand je pense à lui et moi, quand je me souviens de ces années passées à vivre ensemble, tous les deux, je m'apaise et m'attriste à la fois. Quand la nostalgie tire un peu, je l'observe avec mon nouveau petit frère et je suis heureuse qu'il lui donne ce que j'ai eu la chance d'avoir. Je sais comme il est précieux de commencer sa vie avec ce papa-là.

Un jour, au milieu d'une fête foraine dans le sud de la France, il m'avait donné une instruction de la plus haute importance. Entre un stand de tir et une baraque à frites, il s'était accroupi face à moi, me tenant les deux mains et me regardant droit dans les yeux, il avait dit *Si jamais, pour n'importe quelle raison, on se perd, tu ne bouges pas. Tu restes exactement là où tu es et c'est moi qui viens te chercher. Si on se cherche tous les deux, on a beaucoup moins de chances de se retrouver. D'accord ?* En bon soldat, j'avais acquiescé, inconsciente du caractère fondateur d'une telle consigne.

Aujourd'hui, Sylvain semble vouloir que tout perdure exactement comme il l'a décidé. Que le mouvement s'étouffe sur lui-même au lieu de se déployer.

Il se comporte comme si c'était à moi de le chercher, moi qui devais me frayer un chemin dans la foule de la fête foraine pour le retrouver, lui, planté au milieu. Peut-être que c'est à lui-même qu'il prodiguait ce conseil. Je devrais lui dire un jour que sa méthode n'a pas marché. Il ne m'a jamais paru aussi perdu qu'aujourd'hui.

Sans originalité, durant les quinze premières années de ma vie je l'idolâtrais. Il savait comment me faire rire, d'un humour que nous seuls comprenions. Quand on se branchait sur cette fréquence, plus personne ne pouvait nous rejoindre. C'était notre endroit. Je m'y sentais en sécurité. Sans mode d'emploi, c'est ainsi qu'il a gagné ma confiance. C'était sa manière de m'aimer. Il prenait soin de ne jamais me bousculer, de veiller à m'écouter sincèrement et surtout à ne pas faire semblant.

Quand ils se séparent, les parents disent tous la même chose : rien ne changera. Ils jurent qu'ils aimeront leur enfant de la même manière et que la famille demeurera intacte. Mais aucun ne sait vraiment comment cela va se passer. La tendresse dans son regard a peu à peu disparu. Le père refuse de reconnaître dans la jeune femme l'enfant qu'il aimait autrefois. Certain de ne plus devoir s'occuper de moi, que je sais et dois le faire seule désormais, il se cache derrière l'idée qu'il me serait inutile. Comme un poids. Mais c'est moi qui lui pèse. Je fais partie du passé, je suis la preuve tangible d'une autre vie, d'une autre histoire avec une autre femme. Son présent à lui, c'est cette famille toute neuve. Moi, je suis périmée dans son cœur. J'ai longtemps attendu que mon papa revienne, qu'il ressente le manque de moi. Je suis passée par toutes les émotions. D'abord la colère d'être mise de côté. Puis la tristesse de disparaître sans remous. Je suis en train d'accepter que plus rien ne sera comme avant. Je fais le deuil de quelqu'un qui vit.

Les paysages s'enchaînent et je pourrais rouler jusqu'au bout du monde.

Tant que ma grand-mère est à côté de moi, tant qu'elle sourit dans son sommeil, je peux avancer, le cœur presque léger.

Je ne sais même plus comment j'ai eu cette idée délirante. J'ai juste imaginé Léo « là-bas », larguée dans cette maison de retraite, attendant la fin sans déranger personne. Si quelqu'un était capable de m'assurer qu'elle y sera bien, si j'étais sûre que toutes les options ont été envisagées, que c'est le meilleur endroit entre la vie et son absence, alors oui, peut-être. Mais personne n'est en mesure de me certifier quoi que ce soit. Au contraire. Si c'est le dernier choix, c'est que ce n'en est pas un.

C'est toujours pareil : personne n'a fait l'effort d'argumenter parce que tout le monde sait que c'est la pire manière de tirer sa révérence.

Je ne parle pas des gens qui y travaillent, de leurs compétences ou de leur volonté de bien faire. Non, je pense à la désorientation, à la violence du rejet, à la conscience brutale d'être une charge. J'imagine ma grand-mère recroquevillée sur elle-même, sanglotant devant une fenêtre avec vue sur un parking désert. Et même si j'imagine le pire, c'est le principe même que je refuse. Ce qui m'écœure, c'est la manière dont mon père et mes tantes font semblant de ne pas avoir le choix. Je sais bien que la vie est plus complexe, que rien n'est si tranché, mais de là où je suis, c'est très simple. Ils n'essayent rien, car toutes les autres solutions bousculeraient leurs vies. Je me tends. C'est donc ça, vieillir ? Il fallait cette histoire pour que cette question me percute. L'autre jour, dans la cuisine, c'était la peine qui parlait. La colère aussi. Celle que ma grand-mère m'a transmise. Je la nourris pour qu'elle me protège. Qu'elle fasse barrage à tout ce qui me heurte. J'ai besoin d'une couche de dur autour de moi. Mais il me faut prendre soin de cette colère, l'inviter à s'évacuer ou à se transformer de temps à autre pour en faire une alliée. Je crois que Léopoldine n'a pas fait attention et a laissé sa colère grandir seule, sans compagnie et, rebondissant violemment car coincée à l'intérieur, elle a fini par la blesser avec la vivacité d'une hargne sourde.

Voilà ce que j'aurais dû dire à Sylvain : si tu fais ça à Léo, je te ferai exactement la même chose. Lui n'y pense pas encore. La naissance de son fils, sa seconde jeunesse, son autre peau l'éloignent de sa propre fin. C'est ce qu'il aime croire. Peut-être qu'en effaçant sa vie d'avant, en faisant semblant de m'oublier, moi, Chloé, son premier enfant, il gagne du temps. Mais non, Sylvain, non, un jour les autres décideront pour toi aussi, et ce jour-là je n'oublierai pas comme tu as balayé ma grand-mère d'un revers de main.

Léopoldine

Quand la voix de Chloé me réveille, le château est là, au bout du chemin, sur la gauche après un pont. Devant nous, une allée bordée de tilleuls à perte de vue. Si je me concentre un peu j'aperçois une immense bâtisse. Plus la voiture avance, plus les détails se précisent. Au fond, deux hautes tours encadrent une sorte de bastide aux dizaines de fenêtres. On s'arrête à l'ombre d'un saule. Chloé hausse les sourcils, les abaisse puis les hausse de nouveau, un sourire sur les lèvres.

– C'est quoi, cette tête ? Qu'est-ce que tu as encore mijoté ?

Chloé se marre.

Je m'extirpe de la voiture. Le vent, contre mon élan, manque presque de me renverser. Heureusement Chloé n'a rien vu.

Une main encore sur la portière, je lève la tête, jaugeant la bâtisse.

– T'es sûre qu'on peut dormir ici, ma toute belle ?

– Mais oui, ne t'inquiète pas, on nous attend.

– Ah ! Si on nous attend alors…

– Tiens, bouge pas, je reviens.

Elle file vers une grande entrée dégoulinante de marches. Quatre à quatre, elle grimpe et s'engouffre dans le château. Je m'adosse à la voiture. Il est possible que je m'y agrippe. Machinalement, je tapote la carrosserie comme on flatterait la tête d'un chien.

Sur le parvis gravillonné, trône une immense fontaine. Deux cariatides, port de tête majestueux, soutiennent une large vasque aux bords ourlés. Devant cette statue toute en courbes, un plan d'eau parfaitement rectangulaire détonne.

Il n'y a pas un bruit, aucun véhicule alentour. Rien que le château, les cariatides et moi.

Elles crânent. Dos à dos. Leurs mains se cherchent. Leurs corps s'épousent par la pression qu'ils exercent.

Elles se soutiennent et se collent à la fois. Déroutée, je m'approche. Du côté que j'aperçois, l'une d'entre elles tente d'effleurer la toge de l'autre. J'ai envie qu'elle y parvienne. Que la cuisse de pierre sente le tissu glisser sur sa peau lisse. Le bout d'un doigt frôle l'étoffe mais, craignant sûrement de ne pas être désiré, s'est suspendu, immobile. Puis, l'air de rien, il tente sa chance de nouveau. Cette fois-ci, il se fraye un chemin sous le fin coton. Cherche la chaleur de la chair.

Je marche vers la fontaine. Pour une fois, le rythme que m'impose mon corps coïncide avec celui que mes pensées réclament. Je ferme les yeux quelques secondes pour me laisser aller à mon imagination. Ou à ma mémoire, je ne sais plus.

Chloé surgit, je sursaute.

– Et voilà, c'est bon, j'ai la clé ! Tu peux commencer à monter tranquillou !

Je me sens confuse, mais Chloé poursuit.

– Je m'occupe de porter les valises.

Je tente de cacher mon trouble, d'un pas que je veux décidé.

– D'accord, ma bichette… je te laisse me rattraper. Si tu y arrives, hein… Sont gonflés quand même, ils pourraient venir nous aider… J'ai déjà du mal à me porter moi-même.

Chloé, une valise dans chaque main, est arrivée à côté de moi.

– Monte, ma chérie, je te rejoins.

– Sûr ?

– Oui, oui, va donc.

Elle s'évapore.

Chloé

J'ai le temps de monter les valises et de redescendre avant que Léo arrive dans le hall. Elle cherche quelque chose du regard.

– Léo, je suis là !

– Oui, mais je cherche l'ascenseur.

L'ascenseur. Je n'y ai pas pensé. Et ici, c'est vrai, il n'y a pas d'ascenseur. Elle comprend et je la vois, je la vois vraiment se rassembler. J'essaye de ne pas trop la regarder. Je ne sais pas où me mettre. Je ne veux pas la laisser en plan, mais je ne veux pas avoir l'air de l'attendre non plus. À quelques marches derrière elle je me poste, fébrile. Pour elle, déjà essoufflée en arrivant dans l'entrée, cette nouvelle ascension est rude. On dirait qu'elle puise sa force dans les entrailles du monde, la moindre marche fait vaciller l'équilibre instable de sa masse fragile. Mes bras s'ouvrent pour la retenir. J'ai peur de tomber si elle bascule. C'est une lutte contre la gravité. Léopoldine combat en silence. J'essaye de capter ses pensées. Je ne dis rien. Je sens bien qu'il ne faut rien dire.

Là-haut, je tourne la clé dans la serrure d'une lourde porte à moulures. Je ne peux me contenir, je cours vers le lit à baldaquin, bondis et me laisse retomber de tout mon poids sur le matelas. Ma chute fait soupirer la couette dans une rumeur de soufflet moelleux.

– Me mets pas le bazar à peine arrivée. Aide-moi avec ça, tu veux.

La main agrippée au chambranle, Léo pousse sa valise d'un léger mouvement du pied.

– Non, mais t'as vu cette chambre ?! S'il te plaît, lève la tête de ta valoche et regarde-moi ça un peu ! Ça fait la taille de ta salle à manger !

Je n'ai jamais vu un endroit pareil. Le plafond est hors de portée, certains murs sont tapissés d'une toile d'un bleu-vert dont je ne connais pas le nom, d'autres à moulures beiges sont délicatement ornementés de dorures. Les meubles sont en nombre légitime, rien n'est là sans raison, tout a une utilité.

Quand il y en a trop, Léopoldine n'aime pas ça.

La sobriété est sincère, sinon c'est que l'on cache quelque chose.

– C'est vrai que c'est propre.

– Propre ? Attends, ça ne te plaît pas ?

– Si, si. C'est juste que c'est différent.

– Bah oui, c'est différent, bien sûr que c'est différent. C'est pour ça qu'on est ici, non ?

– Mmm, mmm.

J'ai toujours entendu ce son. Mmm, mmm. Un *fa* puis un *sol* dièse. Toujours ces deux notes. J'ai vérifié. Ni une réponse ni un acquiescement. Ni chaud ni froid. Chantant, mais pas jugeant. À la fois surpris et perplexe. Elle fait ça aussi quand elle n'a pas bien entendu mais qu'elle tient à donner le change. Le reste du temps, c'est qu'elle a trop bien entendu et qu'il vaut mieux qu'elle ne réponde pas.

Je pose la valise sur la banquette en bout de lit quand la sonnerie de mon portable retentit.

– C'est ton père ?

– Non, non, ne t'inquiète pas, je descends juste deux minutes.

Léopoldine

Je regarde ma valise comme si elle allait prendre une décision à ma place. J'ai déjà mis tellement de temps à la fermer ce matin, voilà qu'il faut l'ouvrir maintenant. Je m'assieds à côté et fixe mes mains posées sur mes cuisses. Plus aucun doigt n'est vraiment droit. Pas un n'est dans le prolongement de son métacarpe. Balayés par un vent violent, tous partent dans une même direction. Dans les dunes à côté de la plage, les arbres sont pareils, giflés par le souffle marin, figés dans un mouvement qui leur donne un drôle d'air. Chloé les regarde souvent, ces doigts qui vivent leur vie propre. Elle dit qu'elle ne saurait choisir parmi les images qui lui viennent. Elle hésite entre un éventail qui s'ouvre mal ou la roue d'un paon qui aurait trop bu. Elle trouve à propos de mon corps qui dégénère des métaphores bien trop jolies pour lui.

Quoi qu'en dise Chloé, mes doigts ont déclaré leur indépendance, forçant Jacques à s'habituer au temps extensible. Plus les années passent, plus il est pénible pour moi de faire ce qui doit être fait. Éplucher, couper, ouvrir, fermer, tenir, pincer. On mangeait davantage de plats tout prêts, les draps étaient changés moins souvent. La dernière fois où il a eu envie de frites, j'ai grommelé pendant des heures dans la cuisine. Les patates profitaient de mes doigts fous pour se carapater. Quand Jacques est entré dans la pièce, il a trouvé, sur le sol, toutes celles qui m'avaient échappé. Sans un mot, il les a ramassées et moi, je ne l'ai pas regardé faire.

Le lendemain, j'ai acheté des frites surgelées.

Il ne disait rien mais savait tout. Toutes ces années mises bout à bout lassent autant qu'elles apprennent. Elles émoussent l'intime, rendent chaque détail grossier. Quand mon corps s'est heurté à ses propres limites, Jacques a découvert un monde jusqu'alors inconnu.

– Votre thé est servi, madame.

Lourdement chargé, un plateau pousse la porte de la chambre.

– Qu'est-ce que tu traficotes, ma poupette ?

– N'est-ce pas l'heure de votre programme et de votre cake aux fruits ?

– Mon programme ?

J'agite mon poignet pour faire tourner le bracelet de ma montre jusqu'à en voir le cadran : 18 heures.

– Oh ! Mais si, mais…

Tour d'horizon.

– Il n'y a pas de poste ici.

Une expression malicieuse se dessine sur son visage. Chloé sait quelque chose que je ne sais pas. Elle pose le plateau et s'approche du tableau accroché face au lit. Une scène peu originale d'amour courtois. Elle touche le coin du cadre et, tout en guettant ma réaction, fredonne un air de suspens. Son doigt pousse le tableau jusqu'à ce qu'un clic se fasse entendre. Sur des rails, il coulisse et laisse apparaître un écran plat.

– Tadaaaaaaam!

J'en suis comme deux ronds de flan.

– Allez, viens t'installer dans le lit!

J'hésite. Les bras en arrière, poings presque fermés, bout des fesses en tête de lit, au bord du bord, les pieds pendants. Tout mon être est bancal.

– Mets-toi vraiment bien, allongée sous la couette, attends je vais...

Elle s'agenouille pour me déchausser et...

– Tu fais pas tes lacets?

– Hum... Je n'ai pas eu le temps ce matin. Tu es arrivée trop tôt.

Je n'arrive pas à savoir si elle y croit. Chloé est redoutable. Je crains qu'elle me connaisse trop bien.

Jacques disait toujours que même si je le voulais, je ne pouvais pas cacher ce que je ressens. Il disait que le pire, c'est mon regard. Des yeux noirs qui font reculer d'un pas.

Je n'avais pas dix ans quand j'ai compris l'impact que je pouvais avoir sur les autres sans même ouvrir la bouche. Quand mon père rentrait le soir, c'était toujours le même cirque. Lui, du haut de sa stature de père, même minable, jouait à l'homme harassé. En réalité, il n'y avait pas de quoi. C'était ma mère qui faisait tout le boulot. Alors, après avoir fait semblant de lire le journal, il se levait, ouvrait la fenêtre et, regard au loin, l'air investi d'une mission, fumait sa cibiche. Il pensait, disait-il.

C'est en général à ce moment-là que je commençais. Au bout de quelques minutes, comme s'il se souvenait d'un oubli, sa mine changeait. Seconde après seconde, son corps semblait peser davantage. Sur ses épaules mon regard dardait. Sans lâcher ma poupée, je le fixais. Je le sentais pester en lui-même, faire semblant de ne pas en être dérangé. Moi, je ne le quittais pas. Plus nerveux, plus sec, son corps de père se contractait. Et toujours en silence, je maintenais la corde tendue. Je ne savais pas que je sortais de mon rôle. Qu'une petite ne s'exprime pas ainsi, même avec les yeux. Il acceptait déjà le mépris de sa femme, celui de sa fille aurait tout fait vaciller. La plupart du temps je savais quand cesser. Je retournais au jupon de ma poupée et imitais de nouveau celle qui attend de grandir. Mais c'était bel et bien avec sa faiblesse que je préférais jouer.

J'ai su très tôt que je n'aurais pas tant besoin de lui parler, de dire des mots à cet homme. Le regarder suffisait. Je savais pourquoi il ne servait à rien d'attendre de l'amour de sa part. J'existais trop fort pour lui. Et même si, de temps en temps, je cherchais à me contenir pour éviter les ennuis, je finissais toujours par déborder.

Un jour, tout de même, il est sorti de ses gonds. Son poing a frappé la table, me menaçant d'être le prochain meuble sur lequel il cognerait.

Si j'avais su de quoi les hommes étaient capables, j'aurais été moins insolente. Ma Chloé dit que mon père n'était qu'*un putain de macho qui ne supporte pas d'être en face d'autre chose qu'un paillasson.* Je ne trouve pas la formule très classe, mais je lui accorde une certaine justesse. D'ailleurs, je ne détrompe jamais Chloé dans ce type de déclaration.

Je portais si peu d'estime à ce père que je le pensais trop lâche pour devenir violent. J'ai vite compris que les deux n'étaient pas incompatibles, voire qu'on les trouverait souvent liés.

Heureusement, Jacques n'était que lâche.

Si c'est à cause de ces yeux, ceux qui refusent de minauder, que Jacques est tombé amoureux de moi, c'est aussi eux qui l'ont fait fuir.

En plein mois de juillet 1957, sur la grand-place de Dieppe, il a dit *C'est fini* et il est parti, sans juger utile de développer. Il est monté dans le premier bus qui passait et m'a plantée là, sur le parvis de l'hôtel de ville. J'ai le souvenir d'une immobilité initiale. Puis d'un courant électrique qui me piquait tout le corps et d'une course folle. Rattraper ce bus. Dernier jour où j'ai porté une jupe. J'ai frappé la tôle du véhicule, il s'est arrêté presque aussitôt. La porte s'est ouverte et, en silence, je suis montée. Contenant un souffle court, j'ai lentement marché entre les rangées de sièges. Quand je l'ai aperçu, j'ai foncé tout droit pour m'arrêter net face à lui.

– Jacques, je te préviens, je ne suis pas une femme que l'on quitte.

J'ai refusé qu'il me laisse. Il était hors de question que cette histoire, pour laquelle j'avais déjà tant sacrifié, se solde ainsi. Il a dit *D'accord* et je me suis assise à côté de lui.

Les années se sont enchaînées et nos corps se sont dégradés chacun à sa manière, logiquement inégale. Si seul le cœur de Jacques a faibli, c'est en différents endroits que ma mécanique s'altère. En vieillissant, je crois qu'il s'en est voulu d'avoir été si dur. Et un jour de tendresse particulière, près de cinquante ans après l'épisode du bus, il a décidé d'accepter l'insoumise qu'il avait épousée. Comme pour se rattraper d'avoir cherché à me *dompter* toute ma vie. C'est ce mot qu'il utilisait. Oui, Jacques avait enfin choisi de faire face. Affronter mon regard qui lui disait *Même si je te laisse faire, je ne me laisse pas faire.*

Notre vieille époque légiférait le devoir conjugal. La femme se devait de tout épouser. Lui qui a été élevé comme les autres, comme un conquérant d'office, n'a pas pu tout posséder. Je sentais sa frustration. Il y a un endroit que j'ai su conserver intact. Alors oui, je me suis pliée à certaines règles plus ou moins tacites, mais j'ai protégé ce que j'avais de plus précieux.

Chloé

Quelques instants plus tard, Léo à moitié allongée dans les oreillers, moi bien droite, chacune son eau chaude à la main, on regarde son émission politique préférée.

Je me retiens de rire. Elle commente absolument tout, s'adresse directement au présentateur qu'elle appelle par son prénom. Sans aucune hésitation, elle donne des précisions sur les négociations en cours entre deux pays et en profite pour y glisser son avis sur l'interminable conflit armé au Proche-Orient. Léopoldine entame une vraie conversation avec la télévision. Elle s'insurge de la mollesse de tel dirigeant et donne même son accord franc pour une offensive au Sud-Soudan.

Je lui tends une part de cake. Hypnotisée par l'écran, elle ne voit pas mon geste.

– Léo ? Tu veux une tranche ?

Elle avance une main à l'aveuglette, je déplace l'assiette pour qu'elle se saisisse de la part et la porte à sa bouche. Le gâteau est délicieux et ma grand-mère corrige l'expert concernant le PIB de la Turquie. C'est comme à la maison. J'ai réussi. L'espace d'une heure, Léopoldine ne pense plus à la raison pour laquelle elle est là. Ce qu'il se passe au-delà des frontières envahit Léo qui en oublie son propre exil.

Ce soir, nous dînons aux chandelles dans la cour du château. Léo a mis dans sa valise la robe qu'elle portait le jour de l'enterrement de Jacques. Elle m'a confié qu'en la pliant, elle s'est sentie légèrement moins coupable de partir. Avec un foulard en soie mauve, l'ensemble paraît plus chic que tragique. Devant les marches de l'escalier, je lui propose mon bras pour lui assurer une descente paisible. Elle bougonne un peu avant de saisir fermement la rampe d'un côté, puis d'accepter ma main de l'autre. Nous descendons, décidées en dehors, terrifiées en dedans.

Je suis fière.

Pendant le repas, je parle. Comme toujours, Léo m'écoute avec attention. En réalité je fais diversion. Je dis tout ce qui me passe par la tête, tout ce qui ne passe pas par mon cœur.

Léo ne me demande rien concernant Camille et je ne parle pas de Jacques. Si je devais répondre aux questions de ma grand-mère je ne pourrais pas me contenir. Je serais obligée de lui raconter la collision. De décrire la violence de l'impact, puis la lente – si lente – déchirure dans ma poitrine. Une séparation comme un accident de voiture, c'est tout ce qui me vient. Je perdrais mes moyens. Les mots fondraient dans ma bouche, devenant d'abord mous puis liquides, bavant ma douleur. Ils s'échapperaient d'entre mes lèvres comme les montres de Dali coulent et se répandent au sol. Les flaques de verbes souffrants envahiraient le restaurant, feraient tomber les serveurs et noieraient les plus fragiles. Parce que je ne sais pas encore dire les mots. Tout n'est que sensation du corps.

Sidérée, j'ai le front plaqué contre un mur, les yeux ouverts face au béton lisse et froid. Si proche de la matière que je n'en vois pas le grain. Moi qui pensais que nos vies seraient liées, quoi qu'il arrive.

Camille, c'est dix ans de premières fois. Presque la moitié de ma vie.

Il est l'amour fondateur, celui qui se grave à l'intérieur, peu à peu, sans qu'on le sache. Une colonne vertébrale de sentiments devenant l'intégralité de ce qui me constitue. En grandissant l'un avec l'autre, ce sont nos creux et nos reliefs que nous avons apprivoisés ensemble. Je ne sais pas fonctionner sans lui.

On dit souvent que juste avant la mort la vie défile en une fraction de seconde. Je crois que c'est ce qu'il m'arrive. Mon amour est en train de mourir car il n'est plus qu'à moi. Ses débris de joies me reviennent par à-coups entremêlés, bribes pénibles et merveilleuses.

La toute première fois que l'on s'est touchés, dans le car, le jour de la visite des ateliers de caramel de pomme. Sa main qui, courageusement, prend la mienne. Cette sensation immortelle de nos paumes humides qui ne se lâchent pas de peur de glisser, séparées à tout jamais. Et ce regard d'enfant qui dit tout ce que les adultes n'arrivent plus à s'avouer.

Entendre son rire et le voir en être surpris. Manger dans l'herbe avec lui et me délecter de sa lenteur. M'endormir sur son épaule au cinéma et me réveiller avec sa parka comme couverture. Nos longs après-midi en forêt, moi, l'écoutant raconter les arbres. Ce jour où je l'ai embrassé sur la bouche, les jambes tremblantes, contre un hêtre centenaire.

Plus tard, m'asseoir au bord du ponton avec lui, laisser pendre nos jambes dans le vide en sirotant courageusement le whisky subtilisé à son père jusqu'à en rire follement. Regarder ses yeux briller, stupéfaits par la beauté de ce qui s'offre à nous.

Je revois la lune puissante, sa lumière extra-blanche. Une lune presque artificielle, un spot de cinéma. J'entends de nouveau le vent bruire dans mon oreille. Dans l'autre, l'écouteur sans fil diffuse notre chanson. Camille porte le deuxième écouteur et dans la nuit, le long de la côte, nous roulons, chacun sur notre vélo.

Cling. Cling cling. Cling cling cling.

Un coup de sonnette pour dire *Chloé*, deux coups pour *aime*, et trois pour *Camille*. Ça marchait aussi dans l'autre sens.

Les chasses au trésor à chacun de nos anniversaires et nos rendez-vous au restaurant où nous jouions les adultes à merveille.

Je me revois lire pendant qu'il dort près de moi et m'endormir alors qu'il révise le bac. Les sursauts en pleine nuit pour ne surtout pas rater les ballets nocturnes à la télévision, ceux dont le sublime nous coupait le souffle.

La première fois où nous avons fait l'amour. Apprendre son corps. Constater que le mien le subjugue. Lui, sec et tracé. Moi, enfin moelleuse et pleine. Corps rebondi pour faire rebondir l'amour. Les heures que nous passions à parler de nos différences et de nos cheveux longs, noirs et épais qui étaient notre seul point commun. Ses mots pour mes courbes, ses mots salvateurs comme ses gestes délicieux. Toutes ces autres fois où nos peaux s'attiraient pendant que nos yeux pleuraient de s'être trouvés.

Les émois contre lui, les rires en écho, les bouleversements partagés.

Notre tendresse infinie.

Ce bonheur était juste notre vie. Jamais je ne pensais que cela pouvait s'arrêter.

Que faire désormais ? Comment vivre ?

Camille. Lui, moi et la vie à notre rythme. Que je croyais. Tout d'un coup, c'est fini. Je ne cesse d'y penser. Je n'arrive pas à comprendre et encore moins à arrêter d'essayer de comprendre. Mon impuissance prend toute la place et écrabouille ce qui ose vivre encore.

Camille a prétexté un manque d'air. Pourtant c'est moi qui suffoque aujourd'hui. Il n'y avait donc pas assez d'air pour deux ? En quelques minutes il a tout aspiré, me laissant là comme un poisson qui n'aurait pas eu le temps de rejoindre l'eau.

J'aurais pu m'abandonner ou ne plus sembler vivante. J'aurais pu céder sous le poids de la peine, pendant des jours, des semaines, des mois même. J'aurais aimé me blottir quelque part et prendre le temps de vivre mon chagrin. Mais l'urgence de Léo était plus grande. Une vraie diversion.

Depuis que Camille m'a tourné le dos, qu'il m'a plantée là avec son annonce molle, je me demande si j'aurais pu voir venir. Est-ce que la tension dans mes mâchoires était un signe ? Mon corps savait-il avant ma tête ? Et mon cœur alors ? Est-il si naïf ? L'idée me traverse que j'aurais pu me préparer au choc et même l'éviter. Je ne saurai jamais. Je tenterai d'esquisser des réponses à des questions qui ne m'appartiennent pas. Et pendant tout ce temps, je me sentirai trahie. Je suis la seule à vivre cette sensation. Je ne peux que balayer les centaines de milliers d'histoires d'amour que l'humanité a connues. Si je considère que je ne suis pas seule avec ce mal infect, alors ma peine ne vaut plus rien.

Mon corps est comprimé par d'énormes pinces de tri, gigantesques mandibules métalliques qui servent à récupérer les gravats après démolition d'un immeuble. Une montagne de morceaux de moi, lambeaux de tristesse, voilà tout ce qu'il reste.

Mon téléphone vibre. Je ne bouge plus. Et de nouveau. Vibre. Léopoldine ne remarque rien.

Je ne peux m'empêcher de me faire croire que peut-être, c'est lui. Lui qui se précipite parce qu'il a compris, parce qu'en réalité il s'est trompé. *Il a été percuté par une soucoupe volante en chemin ce soir-là et le traumatisme lui a fait dire n'importe quoi.* Oui, pendant les quelques secondes où ma cuisse tremble sous le frémissement rectangulaire, j'y crois. *Il s'est emballé, cherchant à ressentir une émotion inédite mais en réalité il ne voulait pas me quitter, au contraire, il m'aime comme jamais.* Les mots vont vite dans ma tête. *Il a enfin trouvé sa vocation, la comédie, et ce soir-là, il s'entraînait pour le rôle de sa vie.* Tout est possible. Mon esprit crée des narrations à la chaîne pour faire mentir la réalité. Une usine pour me sauver du vrai. Il y a bien, au milieu de toutes ces inventions, un peu de ce qu'il pourrait arriver. Mais dans quel monde je vis ? Bien sûr que ce n'est pas lui, parce que lui n'aurait jamais fait ça, lui ne m'aurait jamais quittée. Je ne connais pas le Camille qui est parti sans explication. Je glisse ma main dans ma poche et consulte discrètement mon téléphone sous la table.

Huit appels manqués de mon père.

Je ne sais pas ce qui t'a pris, Chloé, mais c'est du grand n'importe quoi ! Tu délires complètement, là. Ta grand-mère a besoin d'aide, de gens qui savent s'occuper d'elle, bordel ! Tu ne peux pas partir comme ça, avec elle, je ne sais où. Rappelle-moi tout de suite !

Assise sur les toilettes du restaurant, j'écoute et réécoute le message. Je n'ai jamais entendu mon père ainsi. Il est furieux, c'est presque jouissif. Presque. Depuis la panique du départ, j'ai ignoré une certitude : je ne sais pas du tout quoi faire de ma grand-mère. Et en vérité, je ne sais pas non plus quoi faire de moi.

Quand je ferme les yeux, je vois l'intérieur de mon crâne. J'entends ma respiration, l'écho est assourdissant. Cette boîte crânienne est pleine de rien et quand j'y pousse un cri, ça résonne pendant des heures. Camille n'est plus là mais il n'est pas encore un souvenir. Il s'accroche à un entre-deux fantomatique. Je refuse de m'y habituer. Il occupe le moindre interstice, trouve une manière d'exister dans mes songes et de me briser le cœur encore et encore.

Prise en otage par les débris de notre histoire.

Aujourd'hui, mon cerveau se saisit de chaque instant d'oisiveté pour me rappeler dans les détails les plus précis une émotion perdue. Il me projette dans un passé tout proche où pendant le déménagement d'amis Camille réclame des baisers du haut des étages. Il me montre Camille, de dos, qui prépare le petit déjeuner en se dandinant au rythme d'un tube de l'été. Camille en pleine réflexion, qui se mordille l'intérieur de la joue. Il me donne à voir des parties de son corps, de celles que seule une amoureuse connaît. La cuisse de Camille dans son jogging molletonné, l'expression de son visage repu après un dîner trop gourmand.

Dans mon sommeil, mon cerveau tente de se faire pardonner et déguise Camille en un autre. Un jeune homme qui parle comme Camille, marche comme lui et sait tout de mes sentiments. Sauf que son visage ne lui appartient pas. Camarade maladroit, mon cerveau se démène pour amoindrir la douleur. Le masque qu'il fait porter à Camille est celui d'un ancien copain de classe, un gars que j'aimais bien, qui a toujours été là, quelque part, dans ma vie. Un être neutre.

Les premières nuits, c'était la séparation que je revivais autrement. Pas celle-ci, pas la réelle, mais toutes ses variantes possibles. Camille dit les mots. Les derniers mots que j'ai entendus de sa bouche. Il n'a pas dit que c'était fini. J'aurais préféré. Je donnerais tout pour une rupture nette, un coup franc. Que sa décision tranche dans mon vif. Au lieu de ça, il n'a pas su m'assurer de son amour. Je n'aurai jamais de réponse à la seule question qui compte vraiment : *M'aimes-tu ?*

Mais depuis deux nuits, Camille me méprise ouvertement. Il me regarde de haut, il me quitte au bras d'une autre, il est condescendant et mesquin. Je tente de me délivrer de ce qui pouvait me plaire chez lui. Il devient un être abject. Il me dit les pires horreurs, me traîne dans la boue, me violente physiquement, m'humilie devant témoins. J'ai bien du mal à comprendre que tout cela est fait pour guérir. Car au réveil, il n'y a que la peine à mes côtés sous la couette. Nuit après nuit, Camille devient un inconnu.

Tout s'embrouille. J'aimerais ne plus avoir mal.

Je n'ai pas le choix. Je vais devoir le chasser de mon esprit. Comme on réclame à une âme errante de pouvoir faire notre deuil en paix. Je dirai tout haut *Laisse-moi tranquille, Camille.* Je me visualiserai le poussant de toutes mes forces hors de mon esprit, hors de ma vue, hors de ma vie. Je gratterai ma rétine avec une aiguille. Je respirerai de la térébenthine pour oublier son odeur. Et si Camille résiste ? Même sans visage, sans voix, même sans corps, s'il s'accroche fermement aux bordures de mon cœur ? Pendant combien de temps vais-je chercher à me débarrasser de ma colonne vertébrale ?

– Ma chérie, qu'est-ce qu'il y a ?

La voix de Léo interrompt le flux chaotique de mes pensées. Je m'aperçois que sous les draps, je pleure. Mes sanglots l'ont réveillée.

– Lui qui était pourtant si gentil ?

J'ai beau lui expliquer que cela n'a rien à voir avec la gentillesse, elle ne comprend pas. Alors je raconte. Les faits, le plus simplement possible.

– Et tu lui as dit ce que tu ressentais ?

Je prends un temps.

– Non… Quand c'est arrivé, j'ai eu un souci. Comme… un petit coma.

– Tu t'es évanouie ?

– Non, pas vraiment. C'est bizarre ce que je vais dire, mais c'est comme si tout s'était arrêté – je n'ai plus entendu, vu ou senti quoi que ce soit. J'ai pleuré, lui aussi, et puis il est parti.

– Tu ne l'as pas rattrapé ?

Temps mort. Cette question comme l'arête d'une main me frappant la trachée d'un coup sec. Ma respiration se coupe. Quelques secondes, puis elle reprend, accompagnée d'une voix dans ma tête. *Je ne me suis pas battue.* Pas une seconde l'idée de le retenir ne m'est venue. J'ai presque autorisé Camille à me quitter. Mon absence de réaction l'a sûrement conforté dans son choix. Je me vide. Le grand blanc me gomme de l'intérieur, me grignote et s'étend. Je ne me comprends pas. Je n'ai rien fait pour retenir l'amour qui s'en allait, là, sous mes yeux.

Mon système vient de planter et Léopoldine assiste à cette pitoyable scène. Mes mâchoires s'enfoncent l'une dans l'autre, cherchent à se compresser. Assise, je fixe le bout du lit, mais je ne perçois rien. Tout est flou, l'eau monte. Mes paupières ne s'abaissent pas pour se rouvrir. C'est un naufrage.

– Non.

Le mot est sorti tout seul. Lâché là, au milieu d'une plaine de silence. Autour, rien. Tous les autres mots sont coincés dans ma gorge.

– Non ? Tu ne l'as pas rattrapé ?

Je me concentre. Mon cou peine à bouger, ce qu'il supporte pèse une tonne. Au ralenti, je tourne la tête de gauche à droite. Et dans un effort, j'avale ma salive. La douleur dans ma gorge me rappelle l'enfance et l'heure des immenses chagrins où tout était vital.

– Alors dis les mots, ma chérie.

S'extirpant de la vase dans laquelle je m'enfonce, mon buste, mes épaules et tout le haut de mon corps pivotent vers ma grand-mère.

– Quoi ?

– Oui… Dis les mots qu'il aurait dû entendre. N'aie pas peur d'en dire trop. Ne fais pas attention à lui. Ce n'est pas pour lui que tu parles. Il n'est jamais trop tard pour soi-même.

Léo prend mes mains et les recouvre des siennes. Elles les cachent ou les protègent. Elle fait refuge.

Je n'ai rien dit. Gorge nouée, bercée par la chaleur de Léo, j'ai construit mon rêve. Quand je ferme les yeux, je me projette où je le désire. Petite dans mon lit, la veille de la rentrée scolaire, je commençais par faire le chemin, toute seule, jusqu'à l'école. Je visualisais mes vêtements, choisis pour l'occasion, et mon cartable prêt depuis des jours. Je me concentrais pour sentir la lumière du soleil sur ma peau et l'air du matin dont je choisissais la température. Je me voyais entrer dans le hall de l'école et retrouver mes copines, je sentais le parfum vanille de l'une et le gel douche coco de l'autre. C'est à peu près là que je m'endormais. Le système fonctionnait si bien que je l'ai appliqué quasi chaque soir. Sinon, les cauchemars prenaient toute la place.

Cette nuit, au creux du sommeil, j'ai retrouvé Camille dans un café désert, je me suis assise face à lui, j'ai planté mon regard dans le sien. Pendant de longues secondes, je n'ai fait que le fixer. J'ai observé les traits de son visage comme si je les avais déjà oubliés. Puis j'ai pris une grande inspiration, et je me suis lancée comme on se jette contre un mur.

Je suis tellement triste que tu aies privé mes doigts de ta peau, que tu ne caresses plus mes creux, que la douceur ne soit plus là, entre nous, comme un voile délicieux. Je suis tellement triste que tu aies préféré nous quitter pour un vague quelque chose que tu ne sais même pas expliquer. Tellement peinée que nous ne te manquions pas assez pour que tu reviennes en criant que tu t'es égaré et que tu as mal. Je t'en veux d'avoir détourné le regard de notre intimité. C'était mon plus beau trésor. Je suis certaine que jamais nous n'en rencontrerons d'autre. J'ai beau chercher les explications que tu n'as pas su me donner, aucune ne tient la route. Je ne vois pas comment notre absence peut te rendre plus heureux quand cette disparition brouille tous mes repères et me fait suffoquer. Je refuse d'entendre que nous t'empêchait de t'épanouir. Réaliser que je et tu n'étaient pas au même endroit est encore plus violent, comprendre que cela s'est déroulé sous mes yeux apparemment aveugles est bien pire. Tu m'as ôté ma plus grande joie, celle dont jamais je n'aurais eu honte. Je t'aimais avec ma tête, mon cœur, mon corps, mon passé, mon présent et mon futur. Ton choix me broie sans état d'âme. Il me force à faire une croix sur toi et tout notre bonheur. Sur la joie palpable à venir, qui n'attendait que nous. Même si tout me rappelle à toi, je n'arrive pas à chérir ce que désormais je dois appeler souvenirs. Pour me préserver, ta décision m'oblige à te nier. Je suis dramatique bien sûr. Cela est un drame, Camille. Et tu sais ce qui est pire que ce drame ? C'est que tu ne le considères même pas comme tel…

Réveil sec, oreiller trempé. Je pleure dans mon sommeil. C'est donc par une nuit de sanglots que je laisse évacuer mon chagrin. À côté de moi, Léopoldine n'ose pas bouger. Habituée à veiller sur celui dont la respiration n'est pas fiable, elle a sûrement ouvert les yeux avant moi, à la seconde où mes larmes ont surgi de nouveau.

Chloé

Il faut reprendre la route. Quitter le château, changer d'époque, changer d'étape.

À la réception, le retour à la réalité est brutal. L'air surpris de Léopoldine lorsque le maître d'hôtel lui tend la machine à carte bleue m'inquiète. Au bout de quelques secondes, l'expression de son visage annonce l'évidence : le code lui échappe. Ma grand-mère fait plusieurs tentatives hasardeuses. Et vaines. Après l'ultime essai, je me résigne et, après quatre petites pressions, la moitié de mon salaire du mois est engloutie. Cette aventure sera bien moins faste que prévu.

J'avais en tête le film d'une vieillesse grignotant les corps morceau par morceau, prenant son temps jusqu'au bout. Je concevais les machines à roulettes, les troisièmes jambes et autres extensions de ces squelettes qui n'y arrivent plus seuls. Je connais les dents qu'on serre quand il faut se lever, les bouche qui se tordent à mesure que les jambes se mobilisent pour avancer. J'ai toujours pensé à l'enveloppe visible, à la peau qui ramollit et se fane. Je prenais en compte ce que je pouvais voir et sentir. Mais la tête, en tout cas celle de Léo, ne pouvait que fonctionner. Cette défaillance-là ne m'avait jamais effleurée. Sûrement parce que l'idée est insupportable. Peu importe l'état du corps, tant que Léo l'habite je peux continuer de grandir.

Dans la voiture, elle essaye de donner le change.

– Je te ferai un chèque en rentrant à la maison.

En rentrant à la maison…

Je ne dis rien. Et maintenant on va où ?

Sans carte ni GPS, je me laisse guider par la beauté du paysage. À vrai dire, je ne sais pas quoi faire d'autre. Je me conforte dans l'idée que, si on ne sait pas où on est, où on va, personne ne peut le savoir. Et c'est tout ce qui compte.

Sous nos yeux livrés à une liberté trop vaste, les plaines s'enchaînent.

Après des dizaines de kilomètres de campagne, enfin un village. En sortant de la voiture, je me représente une inconnue de mon âge, vivant à l'autre bout du monde, au Japon, au Texas ou ailleurs, découvrant ces lieux. De toutes petites rues claires et calmes, une boulangerie, un coiffeur, un bar-tabac. Rien de superflu ou de clinquant. Le soleil éclaire le beau et laisse l'ordinaire dans l'ombre. Je l'imagine émerveillée au milieu de cette place pavée face à l'église pleine de gens apprêtés.

On s'installe à l'une des trois tables du PMU, sur la petite place. À côté, les habitués nous guettent. Je le leur rends bien.

J'adore regarder les gens. Il suffit d'être attentif pendant quelques minutes pour deviner, au milieu de la foule grise, les êtres sensibles au frisson du bonheur qui passe. Parfois, téléphone à la main, ils reçoivent un message inattendu qui vient illuminer leur visage. D'autres fois, mon attention se pose juste au bon moment sur la bonne personne, quand une pensée heureuse transperce la carapace. Les traits du visage se lissent, la frustration se volatilise, tel un nuage qui s'évapore. J'aime le sourire gêné de qui a pris un plaisir imprévu. Capter ces instants me confirme que je fais partie d'une humanité capable de se sauver elle-même. Je me rassure, je suis comme les autres et eux sont comme moi.

J'aime être là, sans livre, sans téléphone et sans raison, à regarder les gens. D'abord je regarde les hommes, qui bien vite m'ennuient. Non sans surprise, une attitude hégémonique, une facilité déconcertante à occuper l'espace, une souveraineté de la démarche à laquelle ils ne pensent même pas. Je scrute ensuite le corps des femmes. Les jeunes, les moins jeunes, les très vieilles. Leur façon de marcher et les poids qu'elles portent – humains ou matériels. Je vois les dos courbés, je sens les jambes lourdes et les épaules écrasées. Je n'arrive plus à détacher mon regard des chairs boursouflées, des veines vertes et violettes qui s'entremêlent comme des ruisseaux vus du ciel. Je me laisse hypnotiser par les reliefs de ces peaux qui ont tout vécu. J'imagine ce que je ne peux voir, les morceaux de corps cachés qui s'étendent et glissent vers le sol, happés sous la surface. Il y a les cicatrices que l'on oublie et celles qui font toujours mal. Les trous, manques, choses enlevées à tout jamais. Je pense aux enfants que ces corps ont accueillis, fabriqués et nourris. Je vois les yeux de ces mères occupées à gérer le quotidien des autres, qui n'ont ni le temps ni l'espace pour s'émerveiller. Comme je le fais, moi.

D'un coup, un poids alourdit ma poitrine. L'acceptation de ces femmes m'est insupportable. Elles vivent et ont vécu parce qu'elles le devaient, parce que, quoi faire d'autre ? À part travailler et avoir une famille, quelles options s'offrent à elles ? Qu'est-ce que c'est, se vivre vraiment ?

Je pense à celles qui s'ouvrent en deux pour que la vie s'échappe d'elles, je pense à celles qui ont dû tout contourner pour survivre. Ce sont parfois les mêmes. La douleur des femmes ne jaillit pas d'un champ de bataille et n'éclabousse personne. Ceux qui ne sont pas révoltés par cette violence y participent par leur silence. Je vis à une période où l'on découvre à peine le fonctionnement d'un corps qui jusque-là n'était digne d'intérêt que pour le plaisir qu'on lui arrachait et les enfants qu'il concevait. Je l'ai compris lorsque Léo m'a confié le pire en m'avouant pire encore : en parler pour la première fois de sa vie. Elle ne s'était jamais livrée auprès de personne sur ses drames organiques. J'étais sidérée. Sa force m'a clouée au sol. Cette façon que Léopoldine a eue de me dire si simplement les choses. Des mots dont elle semblait avoir vidé le sens et ôté la matière pour n'en faire qu'une coquille de lettres. Et dire qu'à ce moment-là, elle avait mon âge. Je prends la mesure de la honte d'une vérité condamnable. Je conçois le danger d'un secret dérobé et le regard du monde sur le choix d'une femme pour elle-même. J'ai bien vu qu'elle n'avait pas l'impression de raconter quelque chose d'important. Au contraire, pour elle c'est loin, c'est fini, ce n'est presque rien.

– J'ai toujours détesté les églises.

J'attends la suite mais Léo se tait. Je découvre une nouvelle expression sur son visage. Pendant quelques secondes, je suis face à une étrangère. Elle porte la main à son cou et caresse son médaillon. Elle m'a toujours dit qu'avant, il y a longtemps, on pouvait l'ouvrir, et qu'à l'intérieur se trouvait la photo de mariage de ses parents. Mais jamais je n'ai pu voir cette photo.

Je tente de deviner ce que racontent ses traits.

– Comment ça ? L'endroit ou l'institution ?

– Tout. L'endroit et ce qui s'y passe, les gens et ce qu'ils y font. Ce qu'ils disent dedans, comment ils pensent dans leurs têtes étroites.

Je vois qu'il se produit quelque chose. Son regard est ailleurs. Il y a une histoire que j'ignore.

– Depuis toujours ?

Léo laisse un temps. Fixe loin. Puis…

– As-tu déjà eu un fou rire dans une église ?

– Euh non, jamais. Mais tu sais, moi, les églises, à part de l'extérieur…

Elle est ailleurs désormais.

– J'avoue que ce ne doit pas être simple de rester discrète…

– Si tu savais…

Les paupières de Léo se sont fermées. Je ne crois pas qu'elle s'en soit rendu compte.

Léopoldine

Pour la première fois depuis tant d'années, je veux bien retourner là-bas, dans cette église, le jour de la rencontre qui a changé ma vie. Si je n'y vais pas aujourd'hui, je n'irai plus jamais.

Le service a commencé depuis plusieurs minutes et je suis déjà partie. Depuis le temps que ma mère me traîne là, j'ai appris à quitter mon corps pour vivre au loin pendant leur spectacle à la noix. Je ne sais pas encore que cette capacité de dissociation me servira toute ma vie dans des circonstances bien différentes. Alors que je m'imagine découvrir les rues tumultueuses de Buenos Aires, que je sens le goudron fondre sous mes pas et que j'entends les conversations des marchands aux alentours, mon attention est brusquement rappelée dans la maison de Dieu. Un rire fou peine à se contenir quelque part au milieu de l'allée, devant moi. Je reviens parmi les fidèles, me dresse légèrement et cherche du regard l'origine de cette gaieté malvenue. Le son de la joie comme si je ne l'avais jamais entendu. À quelques mètres, sous une épaisse chevelure bouclée, le rire se débat. Et là, je comprends : personne n'a jamais vraiment ri avant ce rire-là.

Impossible de détacher mon regard de la joie. Je veux être proche de ces boucles tressaillantes. Ne plus jamais être séparée de quelqu'un dont je n'ai pas encore vu le visage. Voilà comment une vie bascule…

De part et d'autre de cette tête inconnue, les mains tirent les boucles en arrière. Une longue épingle métallique vient s'y glisser. Je n'ai jamais rien vu de si beau. Une boucle s'échappe et retombe contre la nuque nue. Réflexe, l'index s'y faufile et dessine des cercles dans l'air jusqu'à ce que la mèche soit complètement enroulée autour. D'un geste fluide, le doigt glisse dans la masse et range la boucle au milieu des autres. Mon désir doit résonner dans l'église, ricocher en cascade, car la tête bouclée s'est tournée vers moi. Nos regards se croisent et mon visage s'enflamme. Je le touche pour vérifier que ma peau ne brûle pas réellement. Devant moi, sous les boucles, les yeux crépitent.

Comme aimantée, j'effleure en pensée cette joue, l'arête de ce nez, je sens le tracé de la nuque, l'épaule, la clavicule. Mon appétit roule contre cette peau. Son grain s'imprime sur ma rétine. Je sais déjà que désormais je la reconnaîtrai entre mille. Je ne veux plus en toucher d'autre. Mes caresses lui appartiendront, je le jure. Je me le jure.

Nerveuse et stupéfaite, à mon tour de laisser échapper un rire. Un rire qui bondit comme s'il attendait tapi depuis le début de la messe. Oui, un rire comme un chat qui, patiemment, veille en remuant l'arrière-train pour mieux s'élancer. Ce rire me fait l'effet d'un animal enfermé trop longtemps. D'ailleurs, il est vite rattrapé par la main mécanique, celle qui se plaque sur mes lèvres pour le coincer, l'empêcher de prendre ses aises. C'est trop tard, les puritains me toisent. Ma mère me presse la cuisse pour que je me reprenne. Sa froideur brise mes emballements.

La messe est dite, tous se lèvent et les boucles prennent de la hauteur.

Suivant leur propre rythme, chacun de ses mouvements semble le fragment d'une chorégraphie, ils me bouleversent. La rencontre est révolutionnaire: mon cœur découvre une autre fréquence d'être au monde. Quand elle passe tout près de moi, trop près, je sens son parfum et manque de chavirer. Je me rattrape, j'absorbe mon nouvel oxygène. Celui que l'on sent passer dans les poumons et qui, en une fraction de seconde, se rend indispensable. J'ai seize ans et je tombe amoureuse pour la première et dernière fois de ma vie.

Chloé ne me quitte pas des yeux. Je ne sais pas combien de temps je suis partie.

– Tu me racontes?

– Quoi donc?

– Ben, ce fou rire à l'église.

– Oh... C'est loin maintenant, tout ça.

Je demeure impassible.

– Tu sais, parfois, je me demande si tout cela a vraiment existé.

Chloé ne dit rien.

– Ma vie. Ma vie avant, je veux dire.

– Avant, quand tu étais jeune?

– Avant ton grand-père.

Je tourne et retourne mon médaillon.

– T'es où, Léo?

– Mmm?

Les yeux fixés sur rien, je ne suis plus là.

– Je ne sais pas où tu pars dans ta tête, mais ça a l'air cool.

Je suis avec les boucles brunes. Je les enroule autour de mes doigts. Maintenant que Jacques n'est plus là, je peux en faire ce que je veux. Alors j'entre dans mes souvenirs et je me laisse faire par celle que j'étais et que j'ai dû quitter. Chloé me relance :

– Il y a un truc précis qui te fait détester les églises ?

– Peut-être que j'ai été trop forcée de m'y rendre. Ou que je m'y suis toujours profondément ennuyée. Et puis, je vais te dire quelque chose…

Je m'avance et me penche vers ma petite-fille.

– Je ne peux pas les piffer.

Chloé s'esclaffe.

– Qui ça ? Les prêtres ? Les cathos ?

– Tous !

J'adore la voir rire.

– Les religions, c'est le pire. Mais les cathos, oh là là…

Je tapote ma tempe du bout de mon index.

– Eux, vraiment, ça ne va pas là-dedans…

Les cloches sonnent, la foule se presse, les mariés sortent sous les acclamations. J'en profite pour changer de sujet.

– Allez, dis-moi, il est comment, ce mariage ?

– Bon. Vu comme elle le regarde, je dirais qu'ils sont ensemble depuis quelques années. La phase de la lune de miel est incontestablement passée.

J'ai toujours aimé la manière dont ma petite-fille sous-titre la vie des autres.

– Et comme souvent, crois-en mon expérience, le marié s'est franchement laissé aller alors qu'elle mange des concombres depuis trois mois pour ressembler à la princesse qu'elle rêve d'être depuis ses huit ans. Lui, clairement, non.

Je me gausse.

– Ah ! Voilà les beaux-parents. Faut faire gaffe parce qu'on a tendance à se laisser influencer par les clichés, la belle-mère, etc. Alors…

Elle prend un temps, aiguise son regard scalpel et continue la dissection.

– Autant quelquefois ce n'est pas simple de repérer les parents de l'un et de l'autre, autant là, on a de la chance. Elle ressemble comme deux gouttes d'eau à sa mère. Et lui à son témoin, qui pourrait être son frère, donc. D'ailleurs… le frère regarde beaucoup la mariée, non ?

– Oui… peut-être.

– OK, donc ma théorie c'est que le frère du marié a une histoire secrète avec la mariée et elle… celle qui porte une robe à fleurs, est amoureuse du frère. Regarde-la, comme elle a l'air dégoûté ! Attends, je suis certaine que le père du marié a surpris sa belle-fille dans les bras de son autre fils. Il n'a vraiment pas l'air content et ne la lâche pas du regard. Conclusion ?

– Sont pas rendus.

Chloé

Joe, c'est ma passion anachronique. J'ai toujours dit qu'il était sous-estimé. Joe, c'est une caresse quand tout va bien et le reste du temps l'assurance qu'un été indien est à venir. Lorsque j'entends *Salut les amoureux* je marche le long d'un champ de tournesols et chaque fois que passe *Combien de temps pour t'oublier* je pleure sans bruit tellement c'est beau. Joe Dassin, c'est une démarche chaloupée et un sépia lumineux. Il me berce comme un hamac de fin juillet.

Léo m'a raconté qu'un jour je suis rentrée de l'école en chantant à tue-tête *Siffler sur la colline* et que, depuis, j'aime Joe comme un ami. Je me souviens exactement de ce jour-là. Celui où enfin Camille m'a remarquée.

À vrai dire, il n'a pas eu le choix.

Depuis déjà un an je l'aimais en secret et ce vendredi j'avais pris du retard dans ma filature amoureuse à cause d'un livre à rendre à la bibliothèque de l'école. Je m'en voulais d'ailleurs. Pas pour le livre, mais d'avoir loupé ces quelques minutes où j'aurais pu le regarder encore.

Avec les derniers je sors de l'école et dans la rue j'entends des cris. Tout près, au milieu de l'impasse d'à côté, je vois le cercle. L'année d'avant, c'était moi au milieu. Les adultes se cachent sous le prétexte que ce n'est qu'un jeu. Du moins, ils le prétendent. De là où je suis je ne distingue qu'un attroupement de sacs à dos qui s'agitent. Je m'approche sans bruit. De toute façon, je suis invisible aux yeux du groupe obnubilé par ce qui occupe le centre du cercle. Occupés à terrifier, les sacs bougent, sans têtes, les jambes s'agitent, des rires se mêlent aux insultes. Les pires mots sont dits. Tous crient comme des bêtes. On dirait des rapaces assaillant une proie fragilisée.

Il faut qu'un petit espace s'ouvre entre les corps excités pour que je l'aperçoive.

Poussé par l'un, par l'autre, encore et encore jusqu'à ce qu'il tombe, Camille est là. Voilà le « jeu d'enfants » dont on détourne le regard. Tout le monde rit, sauf un. On l'insulte, on le frappe, on lui jette qu'il n'est pas vraiment un garçon sinon il répondrait, sinon il se défendrait. Celui qui ne se bat pas n'est pas un homme!

Et alors, que serait-il?

Camille, impassible, ne dit rien. Il se relève. Les sacs sans tête le bousculent de nouveau. Un crachat le manque de peu, mais le pied qui suit ne loupe pas son tibia. Aucun son ne s'échappe de son corps violenté, pas un gémissement. Sa dignité me rend folle. Vite, vite, je réfléchis. La voix de Léo surgit dans ma tête *Si tu as un problème crie: « Au feu! » Les gens réagissent toujours face aux flammes, ils ont trop peur pour leur pomme. Si tu dis autre chose, tu prends le risque que personne n'y fasse attention.*

Moi, je veux leur faire peur et qu'ils s'en aillent comme une bande de pigeons s'envole quand on tape le sol du pied. Alors je hurle. Je hurle si fort que tous se retournent. En boucle, je scande. Je suis devenue une alarme que rien ne pourra faire taire. Certains me fixent bêtement pendant que d'autres, affolés, cherchent à repérer autour d'eux le danger brûlant.

Camille, que j'aurais cru pétrifié, bondit hors de la mêlée. Et en quelques secondes il disparaît au coin de la rue. Les garçons n'ont pas le temps de le rattraper et pas le courage de m'en vouloir. Apparemment, à cet âge on ne tape pas encore les filles. Devant moi, piquée droit sur le trottoir, ils passent à autre chose avec une vitesse déconcertante.

Le lendemain, Camille était déjà là quand je suis arrivée à l'école. Il m'attendait devant le portail. Pendant des jours, c'est lui qui m'observa sans un mot. Pendant des jours, je me suis délectée de son regard, jouant à la perfection celle qui ne sait rien.

Dans la voiture, fenêtres ouvertes, soleil éblouissant en pleine face, Léo et moi sifflons sur la colline en souvenir de cette journée. Ma grand-mère a toujours eu une connaissance très approximative des paroles mais je sais qu'elle fait semblant, rien que pour moi. En revanche, elle connaît Barbara sur le bout des doigts. Question mélancolie, Barbara, ce n'est franchement pas une bonne idée.

Voilà maintenant un peu plus de trois heures que l'on a quitté le petit village et laissé les habitués du bistrot à leurs cigarillos ramollis. Enfin, devant nous, un panneau indique une auberge de jeunesse à quelques kilomètres.

Léo pouffe dans son coin.

– Qu'est-ce qui te fait rire ?

– Oh rien, je me dis que c'est tout de même un comble de mettre les pieds dans une auberge de jeunesse pour la première fois à quatre-vingt-six ans !

– Ah, parce que fuir un placement en Ehpad tu l'avais déjà fait ?

Elle rit de plus belle.

– On va voir à quoi ça ressemble ?

Je n'attends pas de réponse, c'était une fausse question. Sans la carte bleue de Jacques, on n'a pas tellement le choix. Et, en réalité, je sais très bien où je vais.

On découvre un corps de ferme complété de plusieurs bâtiments et, derrière l'un d'eux, un terrain à perte de vue. Je me gare et descends de la voiture. Léo observe les lieux à travers la vitre qu'elle frôle du bout des doigts.

– Ma foi, ça a l'air adorable ici.

En lui ouvrant la portière, je vois sa jambe droite se déplier lentement, sondant l'espace autour, jusqu'à ce que son pied trouve le gravier. Un gémissement lui échappe. Sa jambe gauche s'étire à son tour et Léo prend une grande inspiration. Elle se parle à elle-même. Un jour, elle m'a dit *Depuis que je suis mariée, je me tiens compagnie*. Elle se critique ou s'encourage, se moque parfois. Souvent je l'entends même rire à ses propres blagues. Mais depuis que son corps ne l'écoute plus, elle s'adresse aussi à lui. Elle lui parle comme s'il était quelqu'un d'autre.

– Attends, je vais t'aider.

– Non, c'est bon, voilà. C'est bon.

Elle est debout. Agacée, mais debout.

– On peut y aller.

En poussant la porte de la longère, on reste bouche bée : nous voilà dans un western, au cœur d'une décoration historique digne de Clint Eastwood. Partout du bois et du fer forgé, au mur des selles qu'on croirait d'époque, au sol des brins de foin amenés là par des dizaines de paires de Santiag à éperons. Même l'odeur est réaliste.

Derrière le bar, un tavernier choisi sur mesure. Chemise à carreaux, rouflaquettes, la totale. Léo ne peut s'empêcher de marmonner qu'il n'a visiblement pas inventé l'eau chaude.

Devant nous, des dizaines de couverts dressés, sans convives. Au milieu trône une grande tablée. Des dentiers, des roues, des cannes. Quinze seniors, devant nous, en plein repas.

Sans prévenir, la tête haute – beaucoup trop haute –, Léo avance comme si le restaurant lui appartenait. Plus rien n'existe autour d'elle.

– Oh-oh, la jeunesse !

Je sursaute.

Un des vieux rit.

– Non, pas vous, mademoiselle, je parlais à votre sœur.

Devant, Léopoldine, concentrée, ne s'est aperçue de rien. Je lui touche l'épaule.

– Léo, je crois qu'on te parle…

Surprise, elle se retourne vers moi.

– Mmm oui ?

– Venez donc à notre table, très chère !

Son œil s'illumine. Quelqu'un veut jouer avec elle. Subitement, elle se transforme.

– Oh mais j'ai l'impression que vous êtes déjà bien assez !

– Certes, mais nous allons sûrement en perdre quelques-uns pendant le repas, mieux vaut prévoir des remplaçants !

Secouant une main au-dessus de sa tête, l'air de dire *C'est ça, cause toujours*, elle continue sa route. Bien que chancelant, il se lève et se saisit d'une chaise à la table d'à côté.

– Gislaine, veux-tu attraper un siège en plus pour la petite.

Je me bidonne. Léopoldine grommelle. Elle n'a rien demandé, elle, elle voulait déjeuner tranquillement avec sa petite-fille et voilà qu'on vient lui emmerder la vie. Sa démarche est mal assurée. Marcher, c'est rattraper une chute, dit-on. Sur son chemin, elle cible les dossiers de chaises. Prenant soin de sembler à peine les effleurer, elle s'aide de chaque meuble qu'elle trouve. Je vois bien que tout est plus difficile pour elle. D'ailleurs, j'en suis certaine, elle croit que derrière, à la table des vieux, tous la regardent, la scrutent et se comparent à elle comme elle l'aurait fait à leur place. C'est à qui marche le plus vite, qui a le plus d'équilibre, qui a encore des dents. Elle ne le pense pas en ces termes, mais ces évaluations silencieuses répondent à une seule question : qui vivra le plus longtemps ? Ou, plutôt : qui mourra en premier ?

Léo est convaincue que chaque jour, dans son dos, les autres parlent. Je lui répète souvent qu'elle est parano. Si je peux lui dire ce genre de choses, personne d'autre n'en a le droit. Qu'on s'y aventure et elle se braque. Moi, quand je lui assure que *Non, les gens ne sont pas toujours médisants*, elle l'accepte.

C'est le déséquilibre qui finira par choisir la table. Fébrilement, Léopoldine tire la chaise au dossier de laquelle elle s'est retenue et mobilise ses muscles pour s'y asseoir, si ce n'est avec grâce, avec dignité. Elle a l'air exténuée. Cette salle de restaurant est beaucoup trop grande et, voulant faire sa maligne, elle est allée plus loin que ses pieds ne pouvaient la porter. Et moi, je l'ai regardée se défier. Elle se tourne vers la fenêtre pour reprendre son souffle, faisant mine de regarder le paysage. Je prends place en face d'elle, comme si de rien n'était. Pourtant, maintenant je ne peux plus oublier ce que j'ai vu.

– Léo, tu viens de mettre un gros vent au sosie d'Aznavour.

– Ça lui fera les pieds, tiens.

On se marre. Déçu, Aznavour feint de passer à autre chose. Il n'est pas le seul à faire semblant. Ce n'est pas parce que Léo ne veut pas s'installer à leurs côtés qu'elle n'a pas envie de les observer et de suivre leurs conversations. Les mains bien planquées sous la table comme à son habitude, elle a l'œil partout. Mais bientôt elle ne sait plus où donner de la tête. Tout va trop vite. Décidément, tout est allé si vite. Je sais que, plus jeunes, Jacques et elle sortaient, voyaient des amis, allaient au café. Mais jamais ils n'ont fait partie de ces couples amateurs de voyages en groupe, que Jacques trouvait grossiers. Il utilisait le mot « vulgaires ». Certains auraient pu voir en lui de la condescendance mais c'était de la timidité. Léopoldine essayait souvent de m'expliquer cet homme qui ne cherchait pas à être compris. En tête à tête, il avait l'air sûr de lui. La sérénité de ses mouvements lui donnait une contenance qui passait pour de la froideur. Le ton de sa voix, les mots qu'il choisissait, tout disait qu'il maîtrisait son environnement. Pourtant, au milieu d'une assemblée, Jacques diminuait à vue d'œil. Il tirait nerveusement sur sa veste. Sur les manches, sur le col, sur tout morceau de tissu qu'il pouvait agripper, comme s'il cherchait à s'y envelopper et devenir invisible. Jacques n'aimait ni la nonchalance, ni le rire, ni la légèreté. Léopoldine concluait souvent ses explications par une formule définitive, *C'est franchement pas de la tarte de vivre avec lui.*

Dans ce restaurant, elle semble découvrir un monde. Je la sens dépassée. Elle peine à réprimer sa gêne. Ses sourcils se froncent, elle a une attitude de recul. Les autres ne cessent de bavarder, de s'esclaffer, de se répéter, plus fort que de raison. D'habitude Léopoldine me parle des vieux comme si elle n'en faisait pas partie. Elle les trouve déconnectés d'eux-mêmes. Non, débranchés, dit-elle. Léo les imagine mous et baveux. Rien à voir avec l'électricité qui crépite dans cette salle. Les voix s'élèvent et les verres les imitent. Ils fêtent peut-être la vie qui est toujours là. Leur joie l'irrite, je le devine. Où est passée la sienne ?

Le temps se déplie comme un origami qui s'explique. Pendant qu'il prend ses aises je ne regarde qu'elle. Les gens deviennent flous, leurs voix se mêlent pour ne plus former qu'un nébuleux magma sonore. Les textures se densifient, les couleurs suintent, les gens et les choses fusionnent. Tout ce qui n'est pas Léopoldine devient son décor.

Ma grand-mère n'est qu'émerveillement. J'ai l'impression que toutes ces voix, ces vies qui claquent autour d'elle lui font oublier la raison de sa présence ici, laissant enfin à sa peine un peu de répit. Les bons mots fusent. Tous rient de leur condition, s'amusent de leurs maladies. Simulations d'AVC, imitations de démence et autres Alzheimer, sans oublier les vannes morbides, tout y passe. Léopoldine n'a jamais réussi à parler de la mort, alors en rire… Là, sans prévenir, la légèreté s'est emparée d'elle. Léopoldine est au spectacle.

Je veux me souvenir de ce moment quand j'aurai son âge. Je me concentre. Ma vue se trouble. Je m'ordonne de tout graver en moi, retenir chaque sourire, chaque regard que pose Léo sur ce qui l'entoure. J'essaye de respirer en même temps qu'elle et de reproduire ses expressions. Elle me fait un clin d'œil.

Vibration dans ma poche.

Depuis qu'on est parties, j'évite mon téléphone, Camille et son absence, mon père et ses reproches. Je sais qu'il va falloir donner des nouvelles, trouver des réponses et prendre position. À un moment, je vais bien être obligée de retourner dans le monde. Je ne suis pas idiote, tout cela n'est qu'un sursis. Tant que Léo est là, j'oublie. Mais dès que je suis seule, la frustration revient. À l'intérieur, depuis une source que je n'arrive pas à situer, se déverse un liquide pâteux qui bien vite se solidifie. Ma peine et mon incompréhension pèsent des tonnes. Il est pénible de respirer avec des poumons en ciment.

Chloé

Une heure que la porte de la salle de bains est close. Il y a bien eu le bruit du jet d'eau quelques instants mais depuis de longues minutes, plus rien. Je commence à m'inquiéter. Je m'approche et tends l'oreille.

– Tout va bien ?

De l'autre côté, un grognement.

– … Léo ?

– Oui, oui, ça va !

Je sursaute. Je ne m'attendais pas à la puissance de sa voix, une voix que je reconnais à peine.

– D'accord… Tu me dis si tu as besoin d'aide.

– Je n'ai pas besoin d'aide !

Elle s'éclaircit la gorge.

– Oui, je te dirai ma chérie, si j'ai besoin. Merci, tu es mignonne.

Je crois qu'elle s'est rendu compte de sa raideur.

Postée près de la porte, j'attends.

Les mots de mon grand-père résonnent dans ma tête. Juste une fois, comme ça, entre deux portes, comme s'il fallait que quelqu'un sache, il m'a dit *Cette femme ne se plaint jamais, c'est tout bonnement incroyable.* Son visage s'est illuminé en prononçant ces mots. *Moi je sais que son corps est à bout.* Le sourire s'en est allé.

Je m'assois sur le lit. Dans la salle de bains, j'entends ma grand-mère s'affairer.

En commençant par le bout de mes doigts, je m'observe pli par pli, morceau par morceau. Une observation quasi clinique. Je cherche à ressentir tout ce que mon regard touche. Perçant ma peau, scrutant chaque tendon. Je prends le temps de graver dans ma mémoire ce qui, un jour, disparaîtra. Voir et sentir. Je prends le petit miroir sur la commode. Il m'aide à ausculter certains détails. En même temps que je regarde l'extérieur, j'essaye de ressentir l'intérieur. Ce n'est pas évident mais, comme un devoir à accomplir, je me concentre pour reprendre ma tâche. Voir et sentir. Me souvenir de cette peau lisse et tendue, de ces muscles fermes, d'un corps qui peut s'oublier car il n'a pas mal. Voir et sentir. Je me surprends à remercier ce corps auquel je n'ai jamais prêté attention. Mon corps m'est étranger car il ne m'a jamais dérangée. Il a toujours été là, fiable et dans les clous.

Je me trouve bête de ne jamais avoir fait attention à ce qui va bien, à ce qui me laisse la liberté de penser à d'autres choses. Et si, en prenant le temps de voir et de sentir, je pouvais me protéger du délitement ?

Je suis interrompue par la poignée de la salle de bains qui lentement se tourne. Puis plus. De l'autre côté, Léo essaye encore. Je regarde la poignée frémir, pivoter, revenir au point de départ. Je prends une grande inspiration et fixe l'objet comme si ça pouvait aider. Je l'entends pester. Je me lève et attends. La troisième tentative est la bonne. Une main s'accroche au chambranle et Léopoldine sort enfin, vaguement habillée, du dentifrice à la commissure des lèvres. L'image me gifle. Ce que je vois là, je ne l'avais encore jamais vu chez ma grand-mère. L'égarement. On pourrait croire qu'elle vient de se réveiller ou bien de naître. Elle oscille, se balance d'une jambe sur l'autre sans même s'en rendre compte. Un bout d'elle est parti quelque part, très loin.

– Tu as besoin de quelque chose, ma Léo ?

Au ralenti, elle tourne la tête vers moi.

– Tu es gentille.

Je ne reconnais rien.

Son corps se déplace vers le lit. Elle ne dit mot, mais d'une main tremblante défait les draps. Sans réfléchir, je la borde avec délicatesse et l'embrasse sur le front. Elle me regarde un temps, se retourne et dans un soupir…

– Bonne nuit, Maman.

Je me raidis. J'aimerais me tromper, avoir mal entendu. Impossible de parler. De toute façon, elle s'endort en quelques secondes, à l'image d'un enfant vidé de toute énergie après une première journée d'école.

Mon regard glisse dans la pénombre. J'essaye d'oublier ses mots. Je force ma concentration. Les fenêtres offrent à la lumière de la lune assez d'espace pour que je distingue ce qui m'entoure. Cette chambre ressemble bien plus à ce que je connais que le château d'où l'on vient. Tout est de taille normale. Dans le coin face à moi une petite table en bois fait office de bureau, surmonté d'une lampe d'appoint instable à l'abat-jour crème. Un tapis, une chaise et un peu plus loin un petit coffre, juste à côté d'une vieille armoire. J'imagine le bruit des meubles. Ils craquent rien qu'à les regarder. De part et d'autre du lit, deux guéridons en chêne. J'ai déjà ouvert leur tiroir, il n'y a rien. Pas grand-chose ne vit là où les gens passent.

5 h 17. Mes mâchoires envoient des décharges au reste de mon corps. J'ai besoin de marcher. En douceur, je glisse du lit et sors.

Dehors, la lumière elle aussi se réveille. Je marche longtemps. Je vais chercher mon courage au fond du champ et tenter de faire vaciller mes idées noires. Finalement, je les embrasse et m'y enveloppe.

Mon cerveau a fait sauter les plombs. Il a supprimé l'instant de trop, ce choc ultime que je n'ai pas pu supporter ce jour-là.

Maintenant il faut que je me souvienne. C'est indispensable si je veux avancer.

Je tente de dégager une forme, de reconnaître ce qui a été recouvert par l'oubli volontaire, avalé par l'amnésie nécessaire. Sous le sable, cette rupture effacée.

Le son revient avant l'image.

Le bruit du moteur de mon scooter se calme, puis s'arrête. Mon pied droit tape le bitume du parking, la béquille arrêtée par le sol dur, puis le frottement du casque dont j'extirpe mon crâne anxieux. Derrière moi, la musique grésillante du camion à pizza et Maurice qui joue à imiter l'accent italien en malaxant ses pâtons.

Par là-bas, une canette s'ouvre et un peu plus loin une voiture se gare. Avant l'effondrement, c'était plutôt calme.

Quelques pas et ma voix qui demande. *Ça va ?* et *T'étais où ?*

Camille marmonne.

Quoi ? J'entends pas, Camille, qu'est-ce qu'il y a ? Pourquoi t'es pas venu à la cérémonie ? Tout va bien ?

Il commence une phrase, s'interrompt, dit un mot, secoue son mot avec la tête et fait silence de nouveau.

Je m'entends respirer. De plus en plus fort, de l'intérieur. Je propose que l'on marche.

Il me dit qu'il ne peut pas, que ses jambes ont déjà du mal à le tenir debout.

Mais quoi, qu'est-ce qu'il y a ?

L'image. Enfin. Toute proche. Le reste autour de nous demeure sombre et dilué. Mes mains s'agitent. Elles gigotent comme si elles essayaient de rattraper un objet invisible.

Je lève la tête et je le vois. Le visage de Camille est décomposé. Le son rejoint l'image dans une synchronisation quasi parfaite. Il ouvre la bouche, mais ce sont des larmes qui jaillissent de ses yeux. Sans aucune retenue, Camille pleure tout ce qu'il a.

Je ne me précipite pas sur son chagrin. Quelque chose me retient. Je n'essuie pas son visage, je ne me rapproche pas de son corps désespéré. Je suis en dehors de moi, à côté de nous.

Je me fissure.

Je comprends trop vite ce qu'il n'arrive pas à faire, à dire. Je ne sais pas pourquoi, je le comprends.

Camille, tu es en train de me quitter ?

Silence. Larmes. Reniflements. C'est son incapacité à rompre qui me foudroie.

Camille, réponds-moi, putain.

Mots boue dans sa bouche. Il régurgite des syllabes et morve quelques verbes.

Je ne comprends rien.

Cela dure une éternité.

Il ne le dira jamais vraiment. Il n'expliquera rien. Jamais.
Même pour ça il n'aura pas le courage.
Même pour m'anéantir, Camille ne bravera pas sa peur.

J'ai dû sentir dans ma nuit que j'allais retrouver le chemin de ce soir-là. En sortant tout à l'heure, j'ai pris la lettre avec moi. Dix ans que je la garde sans savoir pourquoi. Les mains moites, j'aurais dû la tendre à Camille, un matin dans la cour du collège. Elle s'est froissée pendant des semaines au fond de mon sac. Je l'ai même réécrite plusieurs fois, le papier s'étant déchiré à force d'être malmené par mes livres trop lourds. Je n'ai pas pris soin de mes mots d'enfant mais je les ai conservés. Au milieu des épis coupés, j'ouvre l'enveloppe et relis mon amour naissant.

> *Salut, Camille,*
> *Je suis la fille dans ta classe à la place près de la fenêtre vers le fond. En vrai, je suis pas timide mais avec toi c'est pas pareil, alors voilà je t'écris une lettre comme on faisait avant au Moyen Âge.*
> *Je ne sais pas pourquoi mais ton visage il dit que tu ne peux pas être méchant.*
> *Tu rigoles pas quand Maxime se moque de Lucie ou des autres filles et ça j'aime bien.*
> *J'ai remarqué que, quand tu lèves le doigt pour répondre en classe, ton bras est tout droit et ton doigt monte, descend et remonte, on dirait qu'il hésite et que tous les autres lui disent « vas-y, faut pas avoir peur », et puis il se lance en l'air et à chaque fois tu as juste, même si tu parles tout doucement et que la prof est obligée de te faire répéter. J'ai vu que ça t'énervait de répéter. Moi j'ai appris à lire sur*

tes lèvres, alors je comprends à chaque fois même si je suis un peu loin.
J'aime que tu connaisses plein de trucs sur les arbres et que tu sois concentré tout le temps, on dirait un espion qui désamorce une bombe. Ça me fait sourire mais tu le vois pas. En sport tu cours trop vite, tu traces tout droit comme si tu étais aspiré par la ligne d'arrivée et tu transpires jamais, je sais pas comment tu fais. Juste quelques cheveux qui restent collés un peu dans ton cou après.
J'aimerais entendre ton rire. Je suis sûre qu'il est beau.
Il y a d'autres choses que j'aimerais te dire mais pas tout de suite.
Bisous

Chloé

Je ne pleure pas mais me souris tendrement. L'amour pour celle que j'étais m'emplit soudainement. Je reste dehors, le temps que le jour se lève. J'essaye de me fondre dans la campagne qui se réveille, de ne surtout pas déranger les salutations au soleil qui résonnent partout autour de moi. Les oiseaux accueillent vraiment le nouveau jour qui arrive. Leur excitation me bouleverse. Et c'est chaque matin pareil, tellement de joie pour une journée de plus. Soudainement, leur existence me paraît si simple.

À mon retour, j'ouvre la porte en silence et je sens l'étrangeté dans l'air.

Léopoldine est allongée en travers du lit, les yeux grands ouverts.

– … Ma chérie, je crois que quelque chose ne va pas.

Elle pousse un long gémissement.

– Qu'est-ce qu'il y a ?

– Je n'arrive plus à bouger. J'ai mal.

– Tu as mal où ?

– Partout, Chloé. Partout.

– Attends, déjà je vais t'aider à te relever.

Je pose ma main sur son épaule, un cri s'échappe. Je recule brusquement.

– Pardon ! Excuse-moi ! Je t'ai à peine touchée !

Léo essaye de bouger mais chaque tentative s'achève dans une plainte étouffée par ses lèvres closes. Son corps semble être un bloc de pierre et sa surface une peau à vif que l'on aurait débridée.

– Respire, Léo, surtout respire. Je vais appeler quelqu'un.

– Non !

– Mais tu ne peux pas rester comme ça !

– Ça va passer... Laisse-moi quelques minutes... Je suis juste un peu engourdie...

– Engourdie ? Mais, Léo ?

– Je te dis que ça... va passer.

Raide droite dans le lit, elle a un regard noir.

Je ne sais pas quoi faire. Je ne suis pas médecin mais je sens bien qu'elle minimise. J'essaye de réfléchir. J'ai beau me concentrer pour me rappeler les premiers gestes de secours, dans une telle situation ils sont complètement inutiles. Le visage de Léo se tord en silence. Son expression m'évoque les crampes qui chaque mois me tiraillent.

Je sais.

Je bondis sur mon sac et en sors une fiole que je brandis tel le Graal.

– Tiens, ça va te faire du bien !

Les lèvres scellées, elle fait non de la tête.

Je me rapproche et, délicatement, porte la pipette à sa bouche.

– Léo, ça va marcher. Ouvre la bouche et soulève la langue.

Léopoldine me regarde du coin de l'œil.

– Ma Léo, je te jure, fais-moi confiance.

Tout doucement, elle entrouvre les lèvres. Je presse le caoutchouc entre mes doigts. Le liquide ambré tombe, goutte à goutte. Une, deux, trois.

– Allez, encore un peu.

Une, deux, trois.

Ses paupières s'alourdissent. Quelques minutes plus tard, Léo sombre dans un profond sommeil. Tout de même, c'est efficace. Je m'assieds au bord du lit et respire un grand coup.

– Bon, il va falloir qu'on trouve une solution, Léo, c'est pas possible là.

Son visage s'est totalement transformé. Chacun de ses muscles s'est ramolli. Elle sourit presque.

– Je ne peux plus continuer d'éviter les appels de ton fils. Il est beaucoup trop… trop. Et puis je fais comment, moi, si tu pars en morceaux ? Je ne vais pas te donner du CBD tous les matins, enfin je pourrais, mais je ne crois pas que ce soit une solution à long terme. On a bien fait de se casser, hein, mais je t'avoue que je n'ai pas trop d'idées pour la suite. Et là, entre la thune qui manque, toi qui m'appelles Maman et ton corps qui lâche… C'est pas comme si j'étais au top non plus, tu me diras. Putain…

Léo dort profondément désormais.

Son visage est comme peint. Si les paysages de Monet étaient des femmes, Léopoldine serait l'une d'entre elles. Le contour de ses yeux, subtil mélange de mauve et de vert où de l'eau claire aurait été diluée, semble s'évaporer. Les pommettes hautes, les lignes anguleuses, elle est magnifique. J'adore ces taches qu'elle déteste. Un peu partout sur son cou, ses bras, ses mains, elles courent les unes après les autres. Petite, je devais les défendre. Pour résister, j'avais nommé chacune d'entre elles. La moindre moucheture recevait sa part d'amour. Je soulevais ses vêtements à la recherche de celles qui se cachent. En chuchotant, je les invitais à se montrer.

Ce n'est pas le moment de me remettre à pleurer.

Autour de son cou, le médaillon veille. Je m'allonge tout près. Sans trop y réfléchir, ma main s'approche. Je le caresse d'abord, comme Léo aime le faire. Je l'observe. Il a la forme d'un pétale de coquelicot et la taille d'une pièce de monnaie. Entre mon pouce et mon index. Je ferme les yeux et me concentre sur ce qui se dessine sous mes doigts. Comme je l'ai fait avec les plis de mon corps. Ne plus voir pour mieux sentir.

Le médaillon de Maman, comme elle dit, celui qu'elle ne quitte que pour la toilette. D'aussi loin que je m'en souvienne, j'ai eu envie de l'ouvrir. J'aurais pu essayer il y a bien longtemps, mais maintenant, je ne sais pas pourquoi, je sens que c'est le moment. L'air de rien, j'exerce une légère pression sur le côté du pendentif, qui, en un clic, s'ouvre. Les yeux toujours clos, je bloque ma respiration. J'entends celle de Léo. Je la sens sur mon visage. L'idée de le refermer me traverse. J'ai la sensation de la trahir. Mais la curiosité est plus forte. Là, au creux du bijou, deux photos sépia d'une femme que je n'ai jamais vue. D'une beauté particulière, de celles que l'on décrypte, que l'on observe avant de nommer. À gauche, le buste est droit, le port altier, l'air on ne peut plus sérieux. L'ovale du visage est encadré de boucles brunes. Le regard fixe droit devant. Il dit qu'il est capable de tout, que si on le cherche, on le trouve. Les lèvres ne sourient pas. Posées l'une contre l'autre, elles sont prêtes à donner leur avis.

À droite, la photo dit tout autre chose. Le nez froncé, la bouche grimaçante, l'œil pétillant, les boucles dans tous les sens. Un peu floue, la jeune femme devait bouger pendant la prise. Il y a un monde entre ces deux images. Une femme, deux personnalités. Ces photos ne sont pas juste un portrait. Elles racontent une histoire. En refermant le médaillon je sens, au dos, une inscription gravée.

Dans la salle de bains, je trouve sa trousse à médicaments, y fouille quelques instants puis l'emporte tout entière en sortant de la chambre.

Hier soir, on a tout oublié. Le père de l'une, le fils de l'autre, et ce pourquoi nous sommes parties. J'ai laissé mon téléphone quelque part au fond de mon sac et Léo n'a pas pris ses médicaments. Ça aussi, c'était Jacques qui y pensait.

Quand le médecin est venu, Léopoldine a tout fait pour qu'il s'en aille. Elle a répété qu'elle allait très bien. Il lui a posé des questions simples et m'a dit des mots compliqués. Je n'ai pas su répondre. Il n'a pas dû aimer se faire engueuler par une vieille dame angoissée alors il s'est vengé sur moi. *Et que faites-vous là, toutes les deux ? Où est le mari de madame ? Et vos parents, mademoiselle ?* Ce médecin-là appartient à ce que l'on appelle la vieille école. En temps normal je l'aurais rembarré sévère. Là, j'ai avalé ma repartie.

Après une négociation acharnée, elle a pris les médicaments prescrits et un antidouleur digne de ce nom. Le médecin s'en est allé, me laissant veiller sur elle.

Assise dans le fauteuil face au lit où elle dort, j'ai l'impression d'attendre son extinction définitive. Au lieu de fuir l'idée, je prends une décision. Léo n'est qu'endormie.

Oui mais, et si… J'imagine la fin. L'espace de quelques minutes, j'y suis vraiment. Dans cette chambre incongrue, au pied d'un lit qui grince. Je prends une grande inspiration pour faire passer le vide. À l'intérieur de moi, quelque chose s'écroule à la simple pensée de sa disparition. Disparition. Ça vibre fort. Je connais cette sensation qui vient me taper en même temps dans le cœur et dans la tête. Ça brouille les pistes et mélange tout. Les gens passent dans ma vie et ne restent jamais vraiment. Je suis la seule à pouvoir tenir les comptes. Un jour, j'ai compris que le seul point commun entre toutes ces disparitions, c'était moi.

Les départs sont souvent silencieux. Sans rien nommer, les gens s'en vont. Soudainement, ils ne sont plus. On pourrait penser que la douleur s'estompe avec les années, que plus le temps passe, moins elle est vive. Mais non. J'ai mal chaque fois comme la première fois. Plus j'y pense, plus je me dis que ces disparitions adviennent peut-être pour une raison : me préparer à la plus importante de toutes. J'inspire plus profondément.

J'expire pour faire couler l'idée dans le creux de mon estomac. Elle tombe au fond. Avec qui vais-je parler de la folie du monde ? Soudain, un bruit me sort de mes pensées.

Léopoldine ronfle.

Chloé

Au réveil, elle est radieuse et moi perplexe. Ma grand-mère chantonne et semble avoir oublié les dernières semaines, les derniers jours, la veille. La mort de Jacques et le grand départ pour nulle part. La chimie est puissante.

Après le déjeuner nous marchons au-delà des pommiers. Sur leurs branches, les boules de gui prolifèrent. Certaines sont encore au stade de point noir dans l'amas de rameaux et d'autres, plus grosses, remplacent déjà le feuillage. Petit à petit le gui contamine le squelette de l'arbre qui croit pouvoir supporter l'invasion. D'ici peu, il n'aura d'autre choix que de se résigner. Sous le poids de l'envahisseur, il capitulera.

Assises côte à côte sur une banquette en osier, on ne fait rien.

– Léo…

– Oui, ma bichette ?

– J'ai eu peur hier.

– Peur de quoi ?

– Que ce soit fini.

Léopoldine reste silencieuse. On dirait qu'elle cherche quelque chose en elle.

– Je ne sais pas ce qu'il s'est passé tu sais… peut-être un truc là…

Elle tapote son front de ses doigts déformés.

J'hésite.

– Je suis pas prête, Léo. Vraiment je suis pas prête.

Je la regarde droit dans les yeux pour qu'elle comprenne que je ne plaisante pas. J'attrape deux de ses doigts. De son autre main, elle recouvre tout.

– Et…

Son visage est doux.

– … de combien de temps as-tu besoin ?

Je n'arrive pas à répondre. En silence, Léopoldine prend ma main et l'observe sous toutes les coutures. Puis, délicatement, l'embrasse. Ses lèvres fines, à peine entrouvertes, se posent et se déposent sur ma peau. Comme les félins se laissent aller, ma tête sombre sur son épaule.

– De toute façon tu sais bien que je suis immortelle.

Elle ne peut s'empêcher de pouffer. Léo aime se dire immortelle pour faire sourire et esquiver la vérité. Je n'arrive pas à la suivre sur ce coup-là. Elle tapote doucement ma main.

– Dis-moi Léo…

– Oui ?

– C'est qui, Solange Calle ?

Léopoldine

Solange. Ce prénom n'a pas été prononcé depuis des siècles. Je lâche sa main. Huit lettres que je chuchotais dans le secret de ma chambre. Ces syllabes prononcées à voix haute me troublent encore comme à seize ans.

– Où… où est-ce que tu as entendu ça, toi ?

– Elle est tellement belle.

– C'est la plus belle.

Je ne pensais pas que ce serait si facile. Jamais je n'imaginais en parler un jour. Je ferme les yeux. Je compte les années qui me séparent du présent et je perds le fil. C'était une autre vie. J'ai dû mourir quelque part entre-temps. Ce pourrait être la vie d'une autre. J'ai peur, si je dis les mots, de retrouver le désir intact. De m'apercevoir que je suis passée à côté de moi-même. Et tout ça pour quoi ? Je me refuse la réponse. Je préfère oublier mon manque de courage. Combien de nuits ai-je passées à me demander ce qu'aurait été ma vie avec elle… Notre histoire aurait de toute façon été abîmée par un monde méprisant et méprisable.

Chloé n'insiste pas. Elle reviendra à la charge, j'en suis sûre. Peut-être qu'à elle…

– Qu'est-ce qui te manque, ma Léo ?

– La tendresse.

– … Non, ici, je veux dire.

– Ah…

– Tu parles de la tendresse de quelqu'un en particulier ou en général ?

– En général.

– Et le chagrin, tu peux me dire quand il passe ?

– Ma bichette… il ne passe pas. Il s'estompe. Au fur et à mesure. Moins aigu et moins amer.

– Mais quand ? Combien de temps encore avant de vivre une journée sans entendre le rire de Camille, une nuit sans son ombre ? Je ne veux plus jamais tomber amoureuse, Léo.

– Parce que tu choisis ce genre de chose, toi ?

– Je peux décider de ne pas tomber.

– J'aimerais pouvoir en dire autant.

Chloé

Un sourcil levé, Léopoldine regarde le pédalo devant nous.

– Tu es sûre, ma fille ?

– Non.

On se marre.

– Pourquoi on fait ça, déjà ?

– Parce que tu as mal partout et que j'ai la flemme de tout le reste.

– Je n'ai pas mal partout !

Je la regarde et, de l'index, abaisse la peau sous mon œil droit.

– Tu l'as vu celui-là ?

Elle bougonne.

– On marche alors ?

– Allez, va pour ton machin qui flotte !

Je pose un pied dans le pédalo qui s'enfonce légèrement sous mon poids. Je teste la stabilité et me lance d'un seul coup. De l'embarcation, je tends la main à ma grand-mère qui, sans hésiter, s'en saisit. Vite mon autre main attrape le bout de ses doigts. D'abord scrutant ses pieds, elle lève la tête et me regarde dans les yeux comme pour s'assurer de ma présence solide. Léo lève une jambe, fragilisant instantanément l'autre, et tout son corps se met à trembler. L'équilibre l'a abandonnée mais je tiens bon. Sans prévenir, dans un élan fulgurant, Léo se jette vers moi. Je me raidis pour faire face et la rattrape avec justesse. Elle laisse s'échapper un *oh* de surprise. Je réalise que son corps, aussi amoindri soit-il, demeure lourd et dense.

Nous voilà toutes les deux debout, face à face, sur le pédalo. L'embarcation tangue. On rit nerveusement. J'accompagne le mouvement de Léopoldine qui s'assoit lentement.

– Tu es bien installée ?

– Ce n'est pas la première classe mais je ferai avec.

Elle se marre.

– Ce qui est bien avec moi, c'est que je n'ai pas besoin de public pour rire de mes propres âneries.

Je m'assois à mon tour, les pieds bien calés, et commence à pédaler.

– Oh bah, à ce rythme-là on n'est pas près d'arriver…

– Pourquoi ? T'as rendez-vous ?

– Exactement. Mitterrand m'attend pour un brandy.

– Fais ta maline, tiens…

Elle rit de plus belle.

– N'hésite pas à m'aider, surtout !

– Quoi ? Je ne t'entends pas très bien…

Que c'est bon de la voir rire. Je ne m'en lasserai jamais.

– Tiens, on va essayer quelque chose, Léo. Ferme les yeux.

La malice disparaît de son visage.

– Pourquoi veux-tu que je ferme les yeux ?

– Je ne sais pas pourquoi, mais parfois je fais comme si je n'avais plus mes yeux ou ma main ou le pouce ou d'autres trucs. Au cas où.

Elle me regarde, interloquée.

– Je me dis que, si je me prépare à ce qui pourrait m'arriver, physiquement je veux dire, eh ben, je le vivrai peut-être mieux. Je me pose comme des défis.

– Tu fais l'handicapée ?

– Non je fais pas l'handicapée, on peut pas dire des choses comme ça, Léo, c'est pas un jeu. C'est comme si ça me rassurait d'avoir un minuscule aperçu de ce que pourrait être ma vie s'il me manquait quelque chose d'aussi important. Là, si tu fermes les yeux, tu pourras appréhender le mouvement sans le voir.

– Alors là… Tu as d'autres idées comme ça ?

– Des tonnes ! Allez, essaye !

Léo ferme les yeux et lève le nez vers le ciel, comme si elle flairait l'air autour d'elle.

– C'est agréable ?

– Pas trop mal.

Je ferme les yeux aussi. Tout bouge autour. Sur la berge, les oiseaux se parlent et les branches bruissent. On pourrait presque distinguer chacune des caresses que les feuilles se donnent. L'eau s'ouvre sur notre passage. Elle roule sur elle-même et balbutie. J'écoute ce son qui n'attend rien en retour, qui ne cherche pas l'écho, qui se suffit à lui-même. J'ouvre les yeux.

– On peut discuter ?

– Ouh, tu m'as l'air bien sérieuse tout d'un coup.

Elle n'est pas dupe. Elle garde les paupières closes.

– Quand tu as quelque chose dans la tête, toi…

– Je me demande de qui je tiens ça…

Voilà presque une journée que je trépigne. Depuis que Léo a parlé de Solange, j'ai imaginé toutes les histoires possibles. Je l'ai projetée dans une fresque héroïque, menant une vie d'espionne, je l'ai imaginée fuyant à travers champs, le crime au bout des doigts, et j'ai même osé me la représenter éperdue dans les bras d'une femme.

– Qu'est-ce qu'il s'est passé avec Solange ?

Je prends sa main. Le pédalo continue d'avancer. Pendant quelques instants, plus personne ne parle. Seules l'eau et les pédales rouillées sonnent sur le lac. Elle ouvre les yeux.

– Tu savais que je devais être un garçon ?

– Comment ça ?

– Mes parents attendaient un garçon. En 1931 on n'avait pas d'appareil pour faire des échographies comme aujourd'hui. Mon père voulait un garçon. On préférait toujours les garçons… Donc je devais m'appeler Léopold. Et puis, comme je suis sortie sans rien entre les jambes, mon père a dit *Ce sera Léopoldine.* Ils se sont pas foulés, tu remarqueras…

– Ce n'est pas « rien » ce qu'on a entre les jambes !

– Ah ! Je suis bien d'accord, mais tu connais les hommes…

Elle me jette un regard entendu.

– Et toi, tu connais les hommes ?

– T'en loupes pas une toi !

– Jamais !

Pas peu fière de sa pirouette, elle espère s'en sortir ainsi. Elle referme les yeux et se met à chantonner son air habituel.

– Léo ?

– Oui, ma chérie ?

– Tu me racontes ?

– Quoi donc ?

– Solange.

– Ouh t'es coriace toi… Solange… Que je te raconte Solange… Ce n'est pas facile, ma chérie. Mais bon. Peut-être que c'est bien que quelqu'un sache et je crois que c'est pas si mal que ce soit toi. Mais je te préviens, Chloé, il n'y aura qu'une fois.

Elle pose sa main sur mon genou.

– Laisse-nous donc dériver un peu, tu veux.

Je suspends mon mouvement. Je laisse le bruit du monde prendre sa place.

– Je déteste les églises car c'est là que mon cœur s'est brisé pour la seule fois de ma vie, il y a soixante-neuf ans.

Elle fait une pause.

– Un sentiment que plus jamais je n'ai ressenti.

Une autre pause.

– Oui, même pour ton grand-père.

Elle ouvre les yeux et me regarde.

– Je connaissais déjà Solange. Avant de lui parler ou de voir son visage. Je savais déjà tout d'elle. Rien qu'à la manière qu'elle avait de toucher ses cheveux, rien qu'à sa façon de poser la main sur le rebord du banc. Et puis, je ne sais pas, elle a dû sentir mon regard parce qu'elle aussi m'a vue. Et alors là…

Sa main tournoie comme si elle mimait l'envol d'un foulard de soie.

– Là, c'était clair. Même si au début je crois que ni l'une ni l'autre n'avait conscience de ce qu'il se passait. On était si jeunes. Mais on sentait qu'il y avait quelque chose, oui c'est sûr, et surtout qu'il ne servirait à rien de résister. On a mis du temps à en parler. L'une à l'autre, je veux dire. Parce que, pour les autres, c'est resté un secret.

– Personne ?

– Personne.

– Même pas tes amies ?

– Surtout pas mes amies. Et puis, tu sais, à part Églantine et Paule il n'y avait déjà pas grand monde. Et même elles…

– Elles auraient dit quoi ?

– Elles auraient trouvé ça…

Les mots ont du mal à se décider.

– Pas correct. Oui, c'est ça, pas correct. Et puis tu sais en ce temps-là on ne parlait pas des choses intimes.

Les traits de son visage semblent revivre cette époque, celle de l'incorrection.

– J'ai vécu toute ma vie en une seule année. J'aurais pu mourir ensuite, j'avais ressenti ce qu'il fallait. Le reste serait juste… comme pour tout le monde.

Elle fait une pause, puis reprend.

– Quand je suis sortie de l'église ce jour-là, je flottais. Je me souviens d'avoir vérifié que mes pieds touchaient bien le sol. Je ne me sentais plus dans mon corps. J'étais encore tout entière avec elle, dans son cou. Je suis revenue à moi quand ma mère a tapé du talon sur le parvis. Elle était plus sèche que d'habitude, j'ai cru qu'elle avait déjà compris. Et pourtant, j'étais moi-même à mille lieues de savoir ce que je vivais. Personne ne m'avait avertie que ça pouvait être aussi grave. La romance que l'on m'avait toujours contée, celle des jeunes filles en fleurs, ne ressemblait pas à ce qui m'arrivait. Je n'étais qu'une gamine. C'était presque trop.

– Mais cela ne te rendait pas heureuse ?

– Oh, ma petite fille…

– Léo, dis-moi tout, s'il te plaît.

– Tout ?

– Oui, tout.

L'amplitude de son soupir me bouleverse.

– J'en étais où ?

– « C'était presque trop. »

– Ah oui… J'ai pensé à elle toute la semaine. Tu imagines bien que le dimanche suivant j'étais la première devant l'église… Je l'ai cherchée pendant toute la messe, en vain. Pas une boucle brune à l'horizon. Alors j'ai paniqué.

Léopoldine regarde droit devant elle.

– Je m'en souviens comme si c'était hier, ma Chloé… Je suis sortie complètement dépitée de cette messe. J'étais vraiment mal, tu sais. J'en venais à me demander si je n'avais pas rêvé. Je veux te préciser une chose : Solange n'était pas belle. Elle était pleine de beauté. Cela n'a rien à voir. Elle n'était pas de ces filles qui mettent les hommes à terre et rendent les femmes envieuses. Non. Sa beauté venait de l'intérieur et débordait de partout. Sa détermination et son humour se percevaient dans chacune de ses expressions. Elle était si drôle…

Léopoldine expire.

– Continue, s'il te plaît.

– Oh, je me perds… Je disais… Ah oui ! Je sors donc absolument désespérée de l'église. Ma mère était restée quelques instants à l'intérieur pour discuter avec le prêtre quand brusquement j'ai été tirée en arrière. Je n'ai pas eu le temps de voir qui m'avait happée que j'étais contre un mur et elle était là. Radieuse, souriante et excitée comme une puce. Elle a dit *Enfin toi !* Je l'entends comme si c'était hier. Mot pour mot. À partir de ce moment, on ne s'est plus quittées. Elle est devenue mon amie, ma joie, mon soutien, ma conscience. Tout. Elle était tout, je te dis. Oui, depuis ce moment contre ce mur, sur le flanc de cette église, la vie est devenue vivante. Tout ce que je faisais avait pour but de la retrouver, de lui parler, de marcher près d'elle, de la regarder, de la respirer, de la faire rire.

– Mais vous étiez ensemble ?

– Évidemment !

– Non mais ce que je veux dire, c'est que vous…

J'aimerais que Léo comprenne toute seule mais elle ne comprend pas.

– On était tout le temps ensemble. Et puis un jour… Un jour je n'ai plus eu besoin de la voir pour la regarder.

– Comment ça ?

– Eh bien, j'ai commencé à rêver d'elle. La nuit d'abord, le jour ensuite. Il fallait sûrement que je comprenne quelque chose dont je n'avais pas idée. J'avais des images d'elle qui apparaissaient, là, devant mes yeux.

– Comme des flashs ?

– Oui, peut-être bien.

– Et tu voyais quoi ?

– Des bouts d'elle. Des endroits que je n'avais jamais vus.

– Ah…

Je l'entends respirer à pleins poumons comme si elle tentait d'inspirer l'essence d'une fleur épanouie.

Léopoldine

Je ne peux pas retourner à cette époque. Je n'ai jamais appris à regarder les mots en face. Je ne sais pas dire ce genre de choses. Le plaisir ne se nomme pas. La sensation peut-être ? Ce chemin du sang qui pulse et surprend par sa puissance. Dans ma poitrine, ça tape, puis dans mon estomac, ça tape fort.

Soudain, quelque chose change et s'amplifie. La voix est rejointe par une autre et une autre encore. Elles se fondent pour ne faire qu'une. Toujours une. À l'intérieur, le groupe grandit, grossit. C'est désormais une foule bruissante qui s'amasse, lance, scande, clame. Le son pourrait être assourdissant mais il remplit, il réchauffe, prend tout l'espace. Le bleu s'intensifie. Il m'inquiète presque tant il se fait sentir en moi.

La première fois, j'ai cru avoir un problème. Je me suis d'abord massé le ventre mais j'ai compris que la cause n'était pas là. Alors, je suis allée chercher par moi-même. Affolée par la force de la sensation, j'ai plongé mes doigts trop loin, trop fort, comme si je fouillais une terre dans laquelle j'aurais enfoui le secret d'une autre. Je me suis fait mal, bêtement. Je ne connaissais rien à la douceur, pas ici, pas encore.

– Tu sais, la quitter, je dirais que c'est ce que j'ai vécu de plus difficile. Pire que la guerre, les bébés qui sont partis ou le décès de Maman. J'aurais aimé avoir le temps de laisser s'épuiser le chagrin. Au lieu de ça, j'ai dû le déguiser vite et mal. Je suis rentrée dans le rang et j'ai mené la vie qu'on attendait de moi. Pour le reste, j'ai tout enseveli. Depuis je vis en apnée. La suite, que beaucoup qualifieraient de vie tranquille, je m'y suis faite comme le pli cède à la chaleur du fer. Moi, je voulais des voyages, des langues étrangères et des rires. Quand on rêvait ensemble, on s'en allait si loin. On inventait tout ce qu'on ne connaissait pas. Quand sa mère travaillait, on s'allongeait dans son lit et on déambulait dans les rues de Séville, on pêchait l'anguille au bord de la Baltique, on arpentait la campagne marocaine à moto. Cela doit te paraître banal à toi, deux femmes qui veulent découvrir le monde. Pour nous c'était une utopie. De temps à autre, on se projetait dans une vie classique, une vie à deux dans une petite maison aux pierres brutes et aux volets lavande. Elle voulait un puits et moi un potager. Rien d'extravagant. Un endroit à nous, pour nous et personne d'autre. Je m'en suis accommodée. Autant s'arranger de ce qui ne doit pas être dit. Embrasser la norme et prendre ce qu'il y a à prendre. Le silence est un pacte, ma chérie, un accord entre deux parties. On se tait entre hommes, entre femmes, et l'on se tait pour se sauver soi-même. Ne pas faire de vagues. Parler n'était pas bien vu. Revendiquer était scandaleux.

Je m'arrête là. Ça fait longtemps, je crois, que j'aurais aimé parler à quelqu'un. Parler tout court, parler vrai. Pendant les années de guerre et après, tout ce temps terrifiant qui moisira en moi. J'aurais aimé pouvoir déposer quelque part les images. Bien après les années de conflit, au-delà du bruit des bombes, cette mémoire-là ne s'efface pas. Et puis plus tard, dans ma vie d'épouse, de mère, de femme, j'aurais aimé dire ce que je ressentais vraiment. Personne ne m'a jamais rien demandé.

Ma petite-fille a changé de visage.

– Si tu savais comme j'ai peur, Léo. J'ai peur de me trouver comme de me perdre. J'ai peur d'errer toute ma vie et de la gâcher par trop d'exigence. J'ai peur de décevoir des gens qui se foutent pourtant bien de moi. Et puis aussi Maman et toi.

J'ouvre la bouche mais je me ravise.

– J'ai peur de ne pas vraiment savoir ce que je cherche. Je vais faire quoi dans ce monde qui implose ? Je n'en sais rien. Je n'ai aucune piste. Je t'envie presque que tout soit derrière toi, tu sais. Est-ce que je dois chercher à être heureuse, utile ou juste à pouvoir me nourrir correctement ? Ce qui est sûr, c'est qu'avoir les trois est impossible. Je m'envisage partout et nulle part à la fois.

Chloé semble hésiter. Se lance de nouveau.

– Je peux te confier un truc horrible ? Souvent je me dis que je préférerais être coincée. Je ferais uniquement ce que je peux faire, je n'aurais pas de choix. C'est vraiment terrible de penser ça. C'est parce que je peux tout avoir que je peux dire un truc pareil. Je sais que c'est indécent. Me sentir si paumée, alors que je viens à peine de naître. Avec tellement de chances au départ, en plus. Tu dois me trouver ingrate. En fait, j'ai honte.

– Ingrate ? Non. Ce n'est pas ce que je pense. Je suis juste peinée. Ce que tu décris est inquiétant. Et je sais que tu as raison. Le monde dans lequel tu grandis n'est pas celui que j'ai connu. Pourtant, je ne te dirais pas que c'était mieux avant. Bien sûr que j'aurais aimé avoir le choix…

– Tu te souviens de notre discussion sur la pilule ?

– Oh oui !

Elle rit.

– Enfin, je me rappelle qu'on s'est un peu écharpées, mais je ne sais plus pour quelles raisons…

– Toi, tu me disais que tu avais attendu toute ta vie un moyen de pas tomber enceinte et je te disais que moi je refusais de mettre du cancer dans mon corps.

– Ah oui, c'est vrai. Rien que ça !

– Ne me relance pas !

L'entendre rire me donne de l'air.

– On n'a même pas parlé du meilleur contraceptif…

Elle me regarde, perplexe.

– Aimer une femme !

Elle rit à gorge déployée.

– Ma petite-fille, tu es formidable ! C'est tout de même merveilleux qu'aujourd'hui tout le monde puisse vivre son amour au grand jour.

– Je vois ce que tu veux dire… mais crois-moi, entre-temps la résistance s'est bien organisée.

– Comment ça ?

– À ce que je vois, plus les sexualités se libèrent et s'assument, plus la haine en retour est violente.

– La haine peut être autre chose que violente ?

– Je peux me tromper, mais je me dis qu'avant, à ton époque, comme les uns cachaient leurs désirs, les autres cachaient leurs dégoûts. Aujourd'hui les pensées les plus immondes sont crachées partout.

– C'est à cause de votre Internet, ça.

– À cause, je ne sais pas, mais c'est clair que ça n'aide pas. Les plus lâches ont trouvé leur paroisse.

– On y revient ! La religion.

– Ah ! Non, c'est pas ce que je voulais dire. Quoique... Tu sais, Léo, c'est peut-être aussi pour ça que je ne trouve pas mon chemin. J'ai l'impression que la majorité des gens ne vivent que pour s'autodétruire. Ne m'en veux pas, mais parfois je rêve d'une guerre, une vraie guerre pour que tous aient un vrai problème, que la solidarité soit une nécessité et la résistance notre colonne vertébrale.

– Oh non, ne dis pas ça, ma chérie. Tu ne veux pas ça, crois-moi.

– Tu te rends compte que, quand je ne vais pas bien, je regarde des vidéos de gens qui souffrent encore plus et ça me calme direct. Mais après je me sens mal. C'est juste pour me rappeler que je ne suis pas dans la pire des situations, que je suis pas à plaindre finalement. Oui, voilà. Sauf qu'après je me sens encore plus nulle d'avoir fait ça. C'est un cercle vicieux. Et maintenant qu'il n'y a plus Camille, il n'y a plus personne. Je sais que tu es là, bien sûr, mais tu as autre chose à faire en ce moment. À penser, je veux dire... autre chose que les états d'âme de ta petite-fille.

Elle ne dit rien. Elle pose une main en éventail sur ma cuisse. Une main qui dit tout. Une main qui affirme et annonce *Je suis là mais tu n'as pas besoin de moi, tu n'as besoin de rien ni de personne car tu es la plus valeureuse et la plus résiliente des petites-filles*. C'est ce que je ressens quand elle me touche ainsi.

Alors j'ai envie de parler de Camille. Mais rien que d'y penser, ma gorge se noue. Je n'y arrive pas encore sans m'effondrer et me sentir ridicule. Peut-être que j'aurais dû croire en lui autant qu'elle croit en moi ?

C'était pour nos vingt ans.

Au pied du monstre de sable, il m'a dit *Vas-y, je te rejoins*.

J'ai hésité.

Son visage raconte la peur féroce, celle qui refuse catégoriquement que les muscles se mobilisent pour faire mouvement. Le regard bas, rasant la surface du sol, même ses yeux craignent le sommet imperceptible. La masse blonde cache le soleil qui pourtant perce et en dessine le contour, sorte de dentelle irradiante. J'ai l'impression de lui avoir proposé de sauter dans le vide, de nager au milieu des requins ou de nous jeter dans un trou noir. Tout son être me dit que je suis folle d'envisager un truc pareil. Mais c'est bien pour monter tout là-haut que nous sommes venus. C'était même l'objectif de ce voyage que l'on attendait tant.

Je le connais par cœur, mon Camille, mais il faut que je vérifie.

Tu es sûr ? Et lui de répondre fébrilement *Oui oui, monte, je te rejoins*.

Il se tourne dos à la dune, s'assied sur le sable, rabat sa capuche et met sa tête entre ses genoux. Je le regarde un temps, au cas où.

Et doucement, je grimpe seule. Pas à pas, sur la dune presque verticale, je plonge mes pieds dans le sable pour faire appui. J'ai l'impression d'être une exploratrice aux confins du monde. Une partie de moi attend Camille. Je ralentis en espérant le faire venir. Sans lui chaque pas pèse plus lourd que le précédent et le corps devient poids mort face au vent qui le contredit. Mon esprit comprend son état, on se sait lui et moi, mais mon cœur est déçu. Je pensais partager l'effort, rire de notre essoufflement prématuré et vivre un instant précieux dont on parlera quand on sera vieux. La frustration ne me va pas, alors je joue avec elle. Je me fais croire que je vais céder, que je vais regarder derrière moi. Je tourne la tête, puis les épaules et le buste, quitte à laisser le vent me déstabiliser, pour finalement revenir dans mon axe. Ne pas vérifier s'il me suit. Priant pour qu'il y arrive, presque certaine qu'il n'y arrivera pas.

Je pense à Orphée et Eurydice.

Pour beaucoup ce n'est rien, ce n'est qu'une dune, et pourquoi y être allés sans pouvoir la gravir ? Depuis qu'on est petits, ce sont les mêmes qui crachent. Les autres ne comprennent pas, ne cherchent pas à comprendre que c'est pour sa vie entière que Camille doit se hisser et monter là-haut. C'est son existence qui obstrue la lumière. Il préférerait être un bloc de béton qui ne craint rien. *Un vrai mec*, comme ils disent. Lui, tempère avec facilité. Camille nuance quand moi je brûle tout. Je m'emporte d'un coup, d'un seul et Camille prend ma main avec pudeur. Ce simple geste, le contact de sa peau chaude m'apaise en un battement de cœur. Il sait enrayer ma colère et accueillir ma rage. Il ne m'en tient jamais rigueur et la comprend chaque fois. Mais, dès que l'angoisse pointe dans son esprit, la panique l'envahit et ne s'arrête plus de le coloniser. Camille perd ses moyens et rien ne peut le faire changer de direction. Il refuse de l'entendre mais je sais d'où cela vient. Sa mère l'a élevé en légitimant l'anxiété comme sentiment tout-puissant. Camille a grandi avec l'idée que sa mère, sa grand-mère, sa sœur étaient façonnées par l'angoisse. Que c'était à la fois leur lot et leur lien. Les hommes de la famille, eux, ont tous fait croire qu'ils étaient courageux, avant de partir inévitablement, abandonnant leurs femmes à leur terreur. Alors Camille a sciemment laissé son anxiété se répandre. J'ai bien essayé de lui dire qu'il ne pourrait pas passer sa vie ainsi, mais lutter le rendrait orphelin en quelque sorte. Sans l'angoisse, il n'appartient plus à sa famille.

Une fois en haut, je m'assois dans le sable. À peine émerveillée par ce qui est là, devant moi, que je m'entraîne à voix haute à lui dire que ce n'est pas si beau, que ce n'est rien que de l'eau plate finalement. Oui, bien sûr j'aurais aimé le découvrir avec lui, mon dos arrondi contre son torse, son nez doux dans mon cou, et observer les bateaux au loin en nous inventant d'autres vies, mais ce n'est pas grave Camille, une prochaine fois tu surmonteras ta montagne.

Les minutes s'écoulent et je n'envisage plus de le voir apparaître sur la crête. Je laisse filer l'idée qu'il trouve son courage, qu'ils s'affrontent l'un l'autre. Camille a peur de tout. De l'immensité, du ciel, du vide, du noir, de la maladie, de la douleur, de la nouveauté, du bruit, de la foule et j'en passe.

Sanglots.

Derrière moi, il s'est laissé tomber, les genoux dans le sable.

Camille a réussi et pleure à chaudes larmes.

Et si j'avais vraiment cru en lui ce jour-là ?

Désormais, chaque pensée s'ajoute à la précédente, accentuant un peu plus le poids du chagrin. Jamais la même douleur, différemment aiguë, autrement cassante mais creusant toujours un peu plus le trou à l'intérieur. Je sais que le temps passera, je n'ai pas envie qu'on me promette d'en vivre d'autres. Je trouve humiliant d'avoir autant aimé, de tant en souffrir et d'être certaine qu'un jour j'aurai oublié. Le temps efface-t-il donc tout ? Ma grand-mère dit que non.

Pour l'instant, j'ai mal à en crever, qu'on me laisse mâcher mes maux, même avec cette mâchoire en bouillie. De toute façon il n'y a rien à faire. Pour les semaines et les semaines à venir, chaque plaisir me rappelle que je ne le partagerai plus jamais avec lui.

Les jours passés, le temps s'allongeait et creusait le fossé entre notre lieu de départ et notre point de fuite. Aujourd'hui, il s'est suspendu. On dirait qu'il s'est trouvé de trop à s'écouler bêtement. Alors il s'est retenu pour laisser les sentiments s'installer, pour leur faire une place digne de ce nom. L'eau, dans laquelle on ne peut fuir, offre aussi, finalement, une certaine forme d'abandon.

Léopoldine

Cette nuit, je me suis réveillée à temps. J'ai entendu Jacques suffoquer et j'ai fait les gestes que je connais sur le bout des doigts. Poussée par une énergie démesurée, j'ai écrasé, puis libéré sa cage thoracique en rythme, tenant les comptes, m'arrêtant puis reprenant de plus belle. Son cœur s'est calmé et il a retrouvé ses esprits. Nous avons eu alors la plus belle conversation. Comme deux jeunes gens qui se rencontrent, nous nous sommes parlé pendant des heures, ne sentant pas la nuit filer. J'ai eu envie de lui dire la vérité. Comme toujours, le courage m'a manqué. Ce n'est pas tant pour son ego, dont je n'ai que faire. J'ai eu peur de lui faire trop de mal en lui disant qui j'ai toujours été. J'ai préféré profiter encore un peu de ce moment avec lui. Et puis le matin est arrivé.

Un matin de plus, un réveil encore.

Mes paupières ne m'écoutent pas. Pour l'instant, pas de mot. Contenant et contenu peinent à se retrouver. Plus les mois passent, plus il faut de temps à ma conscience au réveil pour réinvestir le palpable. Je suis hébétée d'être là. Ma tête est posée sur un corps encore engourdi par sa nuit. J'assiste au retour de ma densité, de ma masse, comme si ce corps avait atterri là d'un coup, sans prévenir, autour de ce que je suis. Pendant de longues minutes, il ne se passe rien. Je me rassemble. Puis, comme un mécanisme qui s'enclenche, je me retrouve. Quelques instants encore et je redeviens, enfin, l'octogénaire dont la vie justifie la fatigue.

Sur le chemin de la salle de bains, je m'arrête. J'ai une étrange sensation, un doute qui ne porte sur rien en particulier. Comme quand on se demande si on a bien coupé le gaz avant de partir. Je sens le regard de Chloé dans mon dos. Elle cherche le fil de ma pensée. Moi aussi.

– Léo, tu as pris tes médocs ?

Ah voilà, c'est ça. Mes médicaments.

– J'y allais, figure-toi !

Je reprends ma marche vers la salle de bains.

– Mais tu sais, avec moi, faut pas être pressée…

Chloé bondit alors, me double, entre dans la salle de bains, vide le verre à dents, le rince et le remplit d'eau. Entretemps, à mon rythme, j'arrive derrière elle. Dans un geste que l'on pourrait croire chorégraphié, je lui présente ma main. Paume ouverte, j'attends. Quelques gélules y sont déposées, j'engouffre les médicaments et bois l'eau claire.

– Merci, ma poupette. Je vais faire ma toilette maintenant si tu veux bien.

– D'accord. Je vais… je te laisse faire.

Elle sort et referme la porte derrière elle. Je me retrouve seule face à ce grand miroir sous cette lumière glacée.

Chloé

Je tente de gagner le temps dont j'ai encore besoin. Il décroche dans la seconde. Et j'espère qu'il n'aura pas le ton de ses messages agités. Mon père n'est pas de ceux qui élèvent la voix, mais de ces autres qui choisissent précisément les mots qui tapent là où ça fait mal. Certains trouvent que c'est pire, moi je n'ai pas d'avis. J'ai appris très tôt à affronter le silence et à trouver le verbe juste. Depuis, j'essaye de dire les choses avec la bonne intensité. Ce n'est pas gagné.

– Papa, tout va bien, elle va bien, moi aussi je vais bien, ne t'inquiète pas.

– Tu es inconsciente, Chloé ? Personne ne va bien. Le petit, c'est l'enfer, je n'ai pas dormi depuis des semaines, mon père est mort et toi tu prends la route avec ma mère… Non vraiment, personne ne va bien.

Un silence se pose. Il reprend, plus vite :

– Et donc, Thelma, vous êtes où ?

– On est vers… la Bretagne.

– La Bretagne, c'est super ! Donc pendant qu'on se fait un sang d'encre, vous mangez des crêpes, non mais c'est très bien.

Je laisse un temps passer, j'ai la flemme de me battre.

– Je t'appelais pour vous rassurer justement. Donc voilà. Nous, ça va.

– Ça me fait une belle jambe, tiens ! Bon, écoute-moi bien, Chloé, il arrivera bien un moment où tu verras qu'elle a ses limites, votre cavale à la con. Et là, il faudra rentrer. De toute façon, on a bloqué la carte de Jacques, alors vous ne pourrez pas continuer bien longtemps !

S'il savait... Léopoldine sort de la salle de bains.

– D'accord, on fait ça ! Allez, on se rappelle bientôt, bisous !

Je raccroche.

– C'était qui ?

– Une copine !

Léopoldine

Ma mère trépigne. Derrière moi, elle fait les cent pas. C'est elle qui devrait sortir ce soir. Elle qui a quelque chose à vivre, à rattraper. Pour mes dix-huit ans, mes parents ont accepté que j'aille dîner dehors avec Jacques. Si Solange ne m'avait pas convaincue, jamais je n'aurais dit oui. Mais selon elle, c'est grâce à lui que le monde nous fichera la paix, il est la meilleure des diversions. Et moi, je n'ai qu'une envie c'est que tous me laissent tranquille. D'un geste étrange d'automate, ma mère tripote mon peigne et du pouce fait sonner les dents les plus fines.

– N'oublie pas le rouge sur tes joues.

J'ai l'impression de jouer dans une crèche de Noël.

– Et sur tes lèvres aussi.

Je soupire.

– Mais pas trop, ça peut vite faire mauvais genre.

Ma mère s'approche, pose sa main sur mon épaule et me dévisage dans le reflet du miroir. Surtout pas en face. Je reconnais ce regard, c'est celui des vitrines. Elle observe les mannequins dans les boutiques du centre-ville de la même façon. Ma mère commente dans sa tête mais tout se voit dans ses yeux.

– S'il te plaît, Léo, ce soir ne fais pas ta forte tête.

Mauvais genre et forte tête. C'est tout moi, ça. Je jubile.

– Attends donc ! Laisse-moi vérifier…

Elle s'agenouille et du plat de l'index touche un de mes ongles.

– C'est sec.

Je me lève et m'examine dans le miroir en pied de la chambre de mes parents.

Je suis déguisée. Solange serait hilare. Escarpins pointus à petits talons, jupe crayon vert bouteille à la taille bien plus haute que ma vraie taille et chemisier en mousseline de soie blanc cassé, glissé, allez savoir comment, dans la jupe. La seule chose dont je suis sûre, c'est que je ne courrai pas ce soir.

J'aime tant courir avec Solange. Quand l'une le décide, sans prévenir l'autre, elle fonce. Et on ne s'arrête plus. Pas dans la ville bien sûr, mais autour, là où il n'y a personne pour témoigner de notre joie.

On sonne à la porte. Ma mère me tend son manteau et insiste pour que je l'enfile. Il me portera chance, dit-elle. Chuchote quelques ultimes recommandations, époussette je ne sais quoi sur mon bras, inspire à ma place et ouvre.

Sur le palier, Jacques est fringant, l'air enchanté. Il sait se tenir, lui, je le vois tout de suite.

Dans la rue je ne dis rien, je regarde droit devant. Nous marchons côte à côte. Lui me parle, je le sais, je l'entends au loin. Je crois qu'il me vante les mérites de son atelier, celui dans lequel il vient d'obtenir un poste. Je le sens fier, tant de me le dire que de le vivre. Et il y a de quoi. Ce n'est pas rien.

– Quelle aubaine ! Je ne sais pas si tu réalises.

Il s'arrête devant un petit restaurant aux loupiotes scintillantes, plutôt charmant ma foi.

– Nous y voilà !

On s'était dit avec Solange qu'un jour on irait dîner ici.

Le serveur nous installe à la table près de la fenêtre. Ma main et celle de Jacques se touchent alors que nous voulons l'un comme l'autre écarter le dossier de ma chaise. C'est bien la première fois de ma vie que quelqu'un fait preuve d'autant de manières avec moi.

Je suis assise, son regard ne me quitte plus. Il détaille mon corps. Moi, les mains sous la table triturant ma serviette, je ne bouge pas.

– Dès que je t'ai vue, j'ai su.

Je ne trouve rien à répondre.

– Tu dégages quelque chose que les autres filles n'ont pas. Pourtant, tu n'as pas l'air commode. Mais j'aime les défis, moi.

Il rit.

– Comment ça ?

– Je ne sais pas. Je le vois, c'est tout.

J'ai l'impression d'être une aventure exotique.

Solange me manque.

Un silence s'installe.

– Tu ne dis rien ?

Que veut-il que je dise ? Je n'ai rien à dire. Je cherche quelque chose.

– Je ne sais pas… Aimerais-tu voyager ?

– En voilà une question.

Je ne vois pas ce qu'elle a de spécial, ma question.

– Pourquoi pas ? Oui. Mais pas trop loin alors. J'aime bien ma vie, tu sais. Dieppe, les gens d'ici, l'atelier maintenant. Ne manque plus qu'une jolie femme à mes côtés.

Il sourit. Presque tendrement. J'essaye de lui rendre son sourire. Je ne sais pas pourquoi j'essaye.

Le serveur s'approche pour prendre notre commande. Il ne regarde que Jacques.

– Un bœuf bourguignon pour moi. Léopoldine ?

Je m'apprête à répondre au serveur quand je remarque qu'il ne quitte pas Jacques des yeux.

– Je prendrai le poisson du jour, s'il vous plaît.

– Pas de viande, mademoiselle ?

– Du poisson. Celui du jour.

Il prend note, toujours vers Jacques.

– Vous prendrez un peu de vin ?

Je n'hésite pas.

– Non merci, une carafe d'eau fera l'affaire.

Jacques a un léger mouvement de recul, surpris. Un vague rictus se dessine sur ses lèvres. Le serveur fait un signe de tête, toujours à Jacques, puis se retire.

Jacques prend un temps pour m'observer.

– J'avais raison.

– À quel sujet ?

– Tu n'as pas froid aux yeux.

Je souris.

– Je n'ai jamais compris comment on pouvait avoir froid aux yeux.

Léopoldine

Sur la route, la lumière a choisi son camp. Froide et lointaine, elle aplatit les reliefs. Le ciel est blanc et sans nuage. Je me laisse guider. Chloé obéit à la voix monocorde de son téléphone qui lui indique le chemin. Je ne sais pas comment elle fait, jamais je ne laisserais quelqu'un me parler sur ce ton. Je ne supporte pas qu'on me commande.

C'est donc là qu'on atterrit. Chloé a vu ma tête, la tête de celle qui ne s'y attendait pas.

Accablée, je reste plantée devant la rangée de mobil-homes.

– C'est lequel, notre palace ?

Elle tend le bras, pointant du doigt une des caravanes alignées. Je ne dis rien.

Devant les trois marches à gravir, je cale. Du regard, je cherche à quoi me raccrocher. Le chambranle est trop loin, la marche trop haute. Plus rien ne va. Ce qui devrait se plier coince et ce qui devrait se lever est trop lourd.

– Attends, je vais t'aider.

– Mais non, voyons, je ne suis pas infirme !

Je la repousse.

– J'ai jamais dit ça…

Une jambe sur la première marche. En silence, je la sens qui se place juste derrière moi… Ça devient une habitude. Elle croit que je ne l'ai pas remarqué. Toute cette prévenance m'agace. Depuis quelques mois, je dois me concentrer pour faire des mouvements auxquels je n'avais jamais dû réfléchir auparavant. Si on m'avait dit qu'un jour monter trois marches me demanderait tant d'efforts, je n'y aurais pas cru.

Enfin assise sur une banquette à rayures vertes et crème, je reprends mon souffle. Chloé décharge la voiture et moi, je fais celle qui patiente. Mais en vrai je reprends mon souffle. Je m'applique pour que mon dos ne touche pas le coussin, que mes mains se rangent bien sur mes genoux. J'explore tout ce qui est visible sans bouger la tête. Tout, autour, semble fragile. Sous mes pieds le lino taché gondole. Je fais mine d'écraser quelque chose de la pointe du pied pour jauger la solidité du sol. Il s'enfonce. Le revêtement paraît si fin que je crains de passer au travers. Dehors le vent s'est levé et fait frémir les parois de la baraque. Je tressaille sans savoir si j'ai froid. Je me sens aussi vulnérable que ces murs en plastique.

Dire qu'il y a quelques jours j'étais chez moi, au milieu de ma vie. Il y a quelques semaines, tout allait bien. Rien n'avait jamais changé. Je m'étais habituée à une existence lisse et sans frissons, j'avais fait le deuil de tout le reste depuis bien longtemps. J'étais là pour être là, parce qu'il n'y avait nulle part ailleurs où être.

Depuis que Jacques est mort, tout s'écroule. Et même mon mensonge, celui que j'ai mis une vie entière à bâtir. Celui que j'ai consolidé chaque jour, pour moi-même d'abord, pour survivre à mon rêve, et pour ma famille bien sûr. Le système fonctionnait. Et là, Chloé a réussi à me faire lâcher prise. Je suis désorientée. Un peu plus légère aussi.

Je veux voir ce qu'il se passe par la fenêtre. D'une main fébrile, je pousse le tissu orangé, rêche, qui sert de rideau. À travers le Plexiglas, je distingue les autres maisons en toc. Un sanglot m'empêche de déglutir. Je ferme les yeux.

Mon jardin que je ne reverrai jamais. Mon jardin chéri. On s'est si bien aimés tous les deux. Peu importe le ciel, la couleur des feuilles, l'épanouissement des fleurs. Pourtant, toute la journée je passais et repassais là, devant la fenêtre entre la cuisine et la chambre à coucher sans prendre le temps de le regarder. Il a fallu qu'un jour je m'arrête pour comprendre qu'il n'était pas qu'un beau paysage. Si on ne fait pas attention, on ne voit rien de la vie qui s'exalte. Mais si on cesse d'être pressé, si on accepte de ne plus être au centre de tout ne serait-ce qu'une minute, alors là, on perçoit l'étendue du vivant qui s'agite. Ce qui besogne, chante et parade, et puis ce grand vide, au loin. Le loin. Toute la verdure qui s'étend droit devant, ces arbres qui se meuvent, ces plantes qui poussent, se frayant un chemin au milieu des milliers d'insectes qui s'affairent. Je me dis que je suis sacrément gâtée d'avoir connu un tel jardin au milieu de cette vie qui n'en fait qu'à sa tête. Je n'en changerais pour rien au monde. Et puis, je n'en ai pas changé, je suis partie, ce n'est pas pareil.

Mais qu'est-ce qu'on fiche ici ? Ce camping, ce fac-similé d'habitat qui menace de s'envoler au moindre coup de vent, cette chose-là ne peut pas être ma dernière demeure. Une demeure doit pouvoir demeurer.

Je la vois ma Chloé qui esquive. Mais elle me connaît. Mon silence parle malgré moi. Il faut regarder les choses en face : cet endroit est sordide. Et je ne sais pas ce qu'elle fabrique avec ses doigts qu'elle enfonce dans ses joues.

Je la regarde faire les cent pas devant le mobil-home. Si elle n'était pas au téléphone, on pourrait croire qu'elle parle toute seule. Ses mains s'agitent. J'observe ce corps que j'ai vu grandir. Ce corps que j'ai aimé plus que le mien. Je l'ai connue dans le ventre de sa mère et la voilà maintenant qui se carapate avec sa vieille sous le bras...

Pas une seconde je n'aurais cru vivre une aventure pareille. Pas seulement ce voyage, cette fuite en avant, mais toute sa vie de Chloé.

À sa naissance, son corps parlait une autre langue. Les médecins ont vite écarté l'hypothèse d'une pathologie sans pour autant trouver d'explication. On aurait dit que sa peau brûlait dès qu'on la touchait. Sa mère était dévastée. Sylvain, lui, s'obstinait à chercher une réponse en pourchassant le personnel soignant dans les couloirs de la maternité. Moi, quand je l'ai rencontrée, je ne saurais pas l'expliquer, mais je l'ai tout de suite comprise. J'avais l'impression de pouvoir traduire le dialecte de son corps tout neuf. Personne n'a saisi ce qu'il s'est passé entre nous et qui, encore aujourd'hui, même pour moi, reste un mystère. Je me suis approchée d'elle, comme si c'était le premier bébé que je voyais. Avant de la toucher, je lui ai parlé. Je lui ai simplement dit bonjour et je me suis présentée. Je n'ai jamais aimé le ton que l'on prend pour s'adresser aux tout-petits. Je m'en souviens comme si c'était hier, je me suis penchée au-dessus d'elle et je lui ai demandé si je pouvais la prendre dans mes bras. Ses yeux ont été attirés par l'or de mon médaillon toujours autour de mon cou et soudain, elle a poussé un cri. Un cri franc et aigu. Un son joyeux qui dit oui. Alors tout doux, ma main gauche sous sa minuscule tête, la droite soulevant ses fesses, je l'ai sortie de son berceau. Je l'ai mise tout contre moi et j'ai respiré l'odeur juste derrière son oreille. Ses parents retenaient leur souffle. Ils m'avaient prévenue qu'il était impossible de la prendre sans déclencher l'alarme. Chloé adore raconter cette histoire, dont elle ne se souvient pas, à qui veut l'entendre.

Les années ont passé et plus son corps s'allongeait, plus le mien rapetissait. Quand les traits de Chloé ont commencé à s'affiner, laissant l'enfant derrière elle, les miens se sont accumulés autour des yeux, de la bouche, au milieu du front. Elle se remplit d'une vie sucrée et moi, je me vide de ma substance. Adolescente, Chloé a commencé à se regarder. Elle se jauge et se juge. Elle dit qu'aujourd'hui on se voit partout. Que les filles se regardent les unes les autres autant qu'elles sont regardées. L'habitude commence si tôt que l'on ne s'en rend même plus compte une fois adultes. Elle jure que je n'imagine pas comme c'est violent. Je me sens un peu dépassée. Ce qui est sûr, c'est qu'elle a toujours pris soin de mon corps. Je n'ai pas le souvenir d'avoir eu une telle attention pour mes parents. Ni pour mes enfants, d'ailleurs. J'ai pris soin d'eux, bien sûr, je les ai nourris et vêtus, je les ai emmenés chez le médecin, mais pas davantage. Je trouve qu'on en fait trop.

Chloé

Je me réveille. C'est le beau milieu de la nuit. Un objet non identifié se balade dans ma bouche. Une forme solide rebondit çà et là contre mes dents. L'esprit engourdi, je me mets au défi de trouver la matière et la provenance de ce truc, qui frotte ma gencive.

Du bout de la langue, je le déplace dans le creux de ma joue, j'inspecte minutieusement la cavité buccale. Dent par dent, je vérifie. Et c'est sur une molaire, en bas à gauche, que je sens une crête tranchante. Je glisse mon index jusqu'au fond. Je reconnais un fragment de ma dent éclatée. *Les fragments de ma dent pourraient se détacher de ma gencive et tous en même temps se ruer dans ma gorge, comme je suis allongée je n'aurais pas le temps de réagir et je m'étoufferais en quelques secondes. À mon réveil Léo me découvrirait morte à côté d'elle, son cœur s'emballerait, puis s'arrêterait. On trouverait nos deux cadavres, gisant l'un contre l'autre. On croirait à un double suicide.*

Je me fatigue. Je ne peux pas rester dans cet état.

En quelques clics, je trouve un dentiste qui peut me recevoir à la première heure. L'agitation réveille Léo, un peu en vrac. Très vite, on quitte le mobil-home. Dans la voiture,

Léopoldine est silencieuse mais entre la route et ce qui se balade dans ma bouche, je ne peux pas m'occuper d'elle pour l'instant. On arrive dans une petite ville qui ressemble à tant d'autres, je me gare, on sort de la voiture. J'ai peur de cette dent. Ma grand-mère au bout du bras, je trace tant bien que mal.

Le dentiste ne cache pas son agacement. L'urgence annoncée n'en est visiblement pas une. J'aimerais bien l'y voir. Il fait ce qu'il a à faire. Une vingtaine de minutes plus tard, je sors du cabinet, encore anesthésiée mais rassurée. Je cherche Léo dans la salle d'attente désormais pleine à craquer. Des enfants, d'autres vieux, mais pas de Léopoldine. Je toque aux toilettes. Elle n'y est pas. J'interroge la secrétaire et les patients, mais personne n'a vu ma grand-mère. Personne n'a fait attention. Je maudis ces gens tout en dévalant les escaliers du cabinet. J'enjambe les marches deux par deux, voire trois par trois, je manque de me casser la gueule et crie son nom entre deux insultes pour moi-même.

Dans la rue, je suis perdue. Je me répète bien fort de ne pas paniquer.

Je panique.

C'est ma faute, je n'aurais jamais dû la laisser seule. J'ai joué avec mon déni. J'ai perdu. Au fond, je sais très bien qu'elle ne peut plus être seule. J'aurais dû avertir quelqu'un ou au moins demander qu'on jette de temps en temps un œil sur elle. J'aurais dû et je n'ai pas. Où a-t-elle bien pu aller ? Qu'est-ce qu'elle s'est mis dans la tête ? Respire, Chloé, respire, putain.

Je pousse toutes les portes, j'entre dans toutes les boutiques. Je bouscule la file à la boulangerie et interroge chaque client, j'entre en trombe au tabac et apostrophe le gérant, puis le boucher, les gens chez Gémo et les passants. Léo est unique, et je m'entends dresser le portrait de n'importe quelle vieille dame. On est parties trop vite, je ne sais même pas décrire les vêtements qu'elle porte. Je suis défaite. Je me sens minuscule dans ce bled que je ne connais pas. J'imagine Léopoldine, encore plus désorientée, encore plus seule. Ça coule maintenant sur mes joues. C'est sûr, je l'ai perdue. J'entends déjà mon père, mes tantes et tous les autres. Je suis inconsciente, irresponsable, criminelle. Ils ont raison. Comment ai-je pu être si négligente ? Depuis le départ je ne pense qu'à moi. C'est moi qui voulais fuir.

J'ai du mal à respirer. Vertige. Je m'assieds sur le bord d'un trottoir. La tête entre les genoux, je peine à reprendre mon souffle. Cage thoracique comprimée. Je ne distingue plus rien.

Si, vaguement un son, lointain, étouffé.

La voix d'une femme.

Elle se penche vers moi et me parle, je crois. Je ne comprends pas ce qu'elle dit. C'est brouillé. Je reconnais à l'intonation qu'elle m'interroge. Toujours la tête entre les jambes, j'agrippe un poignet, puis la main au bout. Je sens une autre main sur mon épaule. La voix se fait de plus en plus distincte. Je réussis à formuler un *Merci, ça va aller*, la voix tient à vérifier et moi de répondre *Oui oui, je vous assure, merci beaucoup*. Alors la main laisse l'épaule et je libère le poignet. La voix s'éloigne. Je reprends ma respiration, relève la tête, retrouve les couleurs.

Soudain, une autre voix.

– Ohé, du bateau !

Je me retourne. Derrière moi, à une vingtaine de mètres, clopin-clopant Léopoldine agite un bras.

Je n'en crois pas mes yeux et bondis.

– Léo ! T'étais où ?!

– Bécasse que je suis, j'ai oublié mon sac à main dans la voiture. Je n'avais pas ma carte vitale. C'est toi, ma poupette, qui conduisais ? Et au fait, qu'est-ce qui ne va pas ? C'est mon dentier qui s'est fait la malle ? Et pourquoi tu pleures, ma Chloé chérie ? Encore ce Camille qui te fait du souci ? Il va m'entendre en rentrant celui-là, crois-moi !

Je ne sais pas quoi répondre. Je rame pour retrouver mes esprits et Léo perd les siens.

Je prends sa main et l'entraîne vers le parking.

– Tout va bien… Tout ira bien, d'accord ? C'est fini maintenant.

C'est moi que je rassure. Dans la voiture, Léopoldine revient parmi nous. Sans prévenir, elle retrouve les rails de la réalité. Elle me tend un mouchoir en tissu.

– Tiens, ma jolie, tu te baves dessus.

Effectivement, mes lèvres insensibles laissent s'échapper un filet de salive. Je ne sais plus si je dois rire ou pleurer. Alors je passe la seconde, je prends le mouchoir et j'essuie ma bouche. Quelques minutes plus tard ma décision est prise. Il faut que cette situation cesse de la plus douce des manières, pour le bien de tous. De toutes surtout. J'amènerai ma grand-mère là où elle doit être, à l'endroit où elle sera le mieux. Il va sûrement falloir la convaincre, lui laisser le temps aussi d'accepter, enfin. Je sais que ce ne sera pas facile. Il faudra du tact, de la subtilité, ne pas la brusquer. Je me rends compte que le regard que je porte sur ma grand-mère a changé. Avant, Léopoldine était une couette dans laquelle je me lovais sans question. Contre elle, rien ne pouvait m'arriver. Son corps, sa chaleur et son amour me protégeaient de tout. Moquerie d'enfants, monstres nocturnes et chagrins du monde. Aujourd'hui, c'est à moi d'accueillir sa colère, sa peur et de rassurer la toute petite fille, tapie là dans ce corps plissé par les années. Demain soir, arrivée à destination, elle s'apaisera enfin. J'ai besoin d'y croire. J'aimerais qu'elle sente que le mur contre lequel elle a l'impression de buter est derrière elle. Qu'elle constate qu'au lieu de s'y cogner elle peut s'y appuyer. Ce n'est pas grave, rien ne dit que c'est fini. C'est autre chose. Une étape qu'elle n'avait peut-être pas imaginée comme étant de la vie. Encore cette vie. Un bout de sa vie, sans Jacques cette fois.

On n'a pas eu besoin de parler. Au réveil l'une a dit *On s'en va, non?* Et l'autre a acquiescé. Elle ne m'a pas demandé où je l'emmenais. La route sera longue. Je vais conduire toute la journée pour atteindre notre but. Désormais, il y en a un.

Je ne suis pas sûre d'avoir pris la meilleure des décisions et pourtant c'était la seule possible. J'ai suivi mon intuition. Je n'ai prévenu personne de ce que je m'apprête à faire, ni mon père, ni mes tantes et encore moins Léopoldine. Au téléphone, une voix a balbutié *Venez, oui… C'est d'accord.*

Ce trajet, notre dernier ensemble peut-être, se déroule comme une fable.

La voiture de Jacques s'engouffre dans une brume irréelle. Épaisse et dense, elle fabrique des tableaux. La brume prend les décisions. Elle choisit le contraste, les lignes perceptibles, la lumière traversante. Au bord de la route, cristallisées par la rosée, les hautes herbes brillent. Dizaines de bouts de verre étincelant sous les rayons du soleil levant. Les arbres, timides, se dévoilent peu à peu. Plus nous avançons vers eux, plus leurs détails se précisent. Le voile, épais et blanc, s'ouvre sur notre passage. J'ai la sensation d'être la première personne à voir ce bout de terre. J'arrête la voiture et descends sur le bas-côté.

Ça ressemble à du silence, ça pourrait s'appeler du silence, mais c'est un leurre. Pas une seconde ne passe sans qu'un gland tombe, sans qu'un oiseau piaille, sans qu'une branche casse ou qu'un crapaud coasse. Partout ça craque, dans les moindres recoins une chose signifie son existence ou sa chute. La vie et la mort font les mêmes bruits. Sur cette route, dans cette brume, je vois ce qui d'habitude se refuse à nos yeux. Les biches calmes et amoureuses, les chevaux qui se prélassent dans la rosée du matin. La nature m'encourage à affronter ce qui m'attend. J'aimerais connaître le nom des sons que je discerne. Les oiseaux se saluent, se disputent, se séduisent ou échangent peut-être eux aussi sur la lumière chaude de l'instant. J'imagine leurs discussions d'oiseaux.

Les vers d'Hugo me reviennent.

Je me revois, petite, des heures passées avec Léo à apprendre ces lignes pour ensuite, les mains moites, les bégayer devant des camarades plus ou moins attentifs. *Demain, dès l'aube, à l'heure où blanchit la campagne, je partirai. Vois-tu, je sais que tu m'attends.* Aujourd'hui, les mots prennent sens. Ils me parlent. Là, à côté de la voiture dans laquelle ma grand-mère patiente en silence, mes mains retrouvent l'humidité de l'époque. C'est un autre stress qui me rattrape. Je remonte dans l'habitacle, sous l'œil de Léo qui ne dit toujours rien.

La matinée laisse place à un jour décidé. Un temps radieux nous accompagne, comme pour me conforter dans mon choix. Un soleil doux et au-dessus de nos têtes un ciel d'un bleu opaque sans l'ombre d'un nuage. Ma main s'abandonne à la fenêtre de la voiture. Toute la nature me suggère de longer la côte, je l'écoute.

À l'heure du déjeuner, l'océan nous appelle. Léopoldine me parle de son amour pour les mouettes qu'elle appelle *les filles*.

Je ne la contredis pas, je souris. Les mouettes en question sont des goélands. Certains, semblant jouer à s'attraper, crient au-dessus de nous, d'autres, à la surface de l'eau, se laissent porter, cédant à la volonté du courant. Imperturbables, ils regardent là où le mouvement les mène. Au loin, des petites taches noires : certains se sont sûrement endormis et voguent sans objectif ni conscience.

– Tu sais que les étendues d'eau me terrifient. D'ici je trouve ça magnifique mais hors de question de m'y plonger. C'est toujours Jacques qui se baignait avec vous. C'est lui qui t'a appris à nager, tu te souviens ?

– Qu'est-ce qui te fait peur ?

– D'abord, je n'ai jamais compris pourquoi je me mettrais volontairement dans un environnement d'où je ne peux pas fuir. Dans l'eau, les poissons et les autres sont chez eux. Nous, non. Ensuite, et là-dessus je suis catégorique, c'est beaucoup trop vaste. Il n'y a ni début ni fin. La surface n'est rien comparée aux profondeurs incontrôlables. Non, je n'aime que le regarder.

– Tu ne me l'as jamais dit…

– Si je te l'avais dit, tu n'aurais pas voulu l'aimer.

– C'est un amour particulier entre lui et moi. L'océan m'apaise autant qu'il m'angoisse. Il sera toujours là, il ne peut pas s'en aller. On partira bien avant.

– Surtout moi !

– Mais chaque vague meurt. Je ne peux pas m'attacher. Le deuil est sans fin. Je sais pas si tu vois ce que je veux dire.

Je crois qu'elle sait. Les yeux pleins, je regarde les vagues naître et mourir. La dentelle des rouleaux, éphémère, le mouvement qui apparaît, puis disparaît. C'est la vie et la mort et la vie et la mort. Je souris devant celles qui n'arrivent pas à exister jusqu'au bout. Des remous qui persistent et s'affaiblissent avant de s'aplatir. Je me sens gagnée par la tendresse. Pour les vaguelettes volontaires et les récalcitrantes aussi. Celles qui ne s'alignent pas, qui décident d'exister en biais. Mais toutes finissent par s'échouer. D'un côté, le mouvement. De l'autre, le calme plat. Comment l'océan fait-il pour se diviser avec autant de clarté ? Pour lui le temps et l'attachement n'ont aucune valeur. Je me demande s'il a une conscience. Je me demande s'il sait qu'il est plus immense que ce que je peux percevoir de lui. Cette ligne, droit devant, qui sépare le monde en deux, cette ligne n'a l'air d'exister que pour nous. Je ferme les yeux et attrape la main de Léo.

Je ne distingue plus rien de l'étendue devant moi mais je l'entends. Tout est plus fort dans le noir. Je resserre un peu l'étreinte de ma main et perçois le pouls de Léo. Les battements d'un cœur qui claque comme l'eau contre sa propre surface, comme les vagues entre elles.

– J'aurais bien aimé vivre ma vie.

J'ouvre les yeux. Ma grand-mère n'a pas bougé. À croire que ce n'est pas elle qui vient de parler.

– Tu n'as pas vécu ta vie ?

Je la vois se concentrer. Je la vois chercher sa vérité, pour être certaine d'être honnête.

– J'ai vécu une vie. La mienne, je l'ai donnée à d'autres. Elle s'est remplie de tout sauf de moi. Et maintenant regarde : je suis avec ma petite-fille, loin de ma maison et de mes enfants qui ne me cherchent même pas. C'est triste, non ?

– Tu aurais préféré quoi ?

Un rire s'échappe.

– Je sais qu'à toi je peux le dire… Quand tu as un mari et des enfants, c'est tous les jours. Et à ton âge, j'étais déjà enceinte de ton père.

J'accuse le coup.

– Ensuite, très vite, Marjorie est arrivée, sans prévenir, puis sa sœur deux ans plus tard, et à vingt-six ans j'avais trois enfants.

Du bout des yeux, elle compte les années pour être sûre. Oui, c'est bien ça.

– J'aurais voulu être seule plus longtemps, pour en profiter, tu comprends ? J'ai toujours imaginé la solitude comme une amante fidèle. Calme et évidente. Une maîtresse qui me donnerait de l'espace, qui me laisserait prendre si je veux et me livrer quand je le désire. Au réveil, dans la rue, en repassant mon linge ou le soir face au miroir, elle était là. Chaque nuit d'allaitement. Je rêvais d'un monde désert. De journées entières rien qu'à moi. Je serais allée marcher, courir même. J'aurais eu le temps de tout et même de m'ennuyer. Seule, je suis certaine que j'aurais pu être heureuse. J'aurais pu exister vraiment.

Léo ne connaît pas la solitude dont elle pense rêver. Je crois qu'elle confond tout. Elle a été seule, oui. Seule pour gérer un quotidien, seule pour élever ses enfants, seule tout en partageant sa vie. Mais elle ne sait pas que c'est un apprentissage. Le chemin peut être pénible. Pour elle, être seule signifie ne plus avoir à s'occuper de l'autre. Mais la solitude exige beaucoup en échange. Jacques non plus n'a jamais connu cette solitude-là. À leur époque, les enfants naissaient, étaient plus ou moins éduqués, travaillaient très tôt ou bien, s'ils étaient chanceux, passaient un diplôme et, vite, se mariaient. Mais entre les parents et le mariage il n'y avait rien. Pas de temps vivant ni de temps mort. Moi, je n'ai que ça.

Assises sur un bout de muret à moitié effondré, au bout de cette corniche devant l'Atlantique, on a l'air de deux vieilles copines. Juste à côté, les Cinq Pineaux triomphent. De gros cailloux, qui sûrement autrefois n'en formaient qu'un seul. Alors que le soleil irise l'horizon, des dizaines de cormorans huppés se posent sur l'un des rochers. Ils choisissent tous le même et se tournent vers le soleil qui, tranquillement, les réchauffe. Face à nous, la marée basse joue sa partition. Les rochers se dévoilent avec pudeur, îlots bruts se découpant sur l'océan bleu. À la surface, les rayons du soleil scintillent et font danser l'eau pourtant immobile. Le soleil habille l'océan de milliers de sequins qui se trémoussent. Là, devant nos yeux, la vie crépite. Tout autour de nous, les goélands s'exclament. Léo les regarde avec une expression de désir fou. Sous ses yeux, certains tracent et fendent l'air avec une facilité déconcertante, d'autres luttent contre le vent, battant vigoureusement des ailes. Et puis il y a ceux, peut-être plus malins, sûrement plus expérimentés, qui planent, laissant les éléments faire l'effort à leur place. Je n'arrive pas à décrocher mon regard de l'horizon. Je le trouve terriblement plat, cet horizon. Comme s'il n'y avait que deux possibilités : le ciel ou la mer – le vide ou le plein – un bleu ou un autre. Cette ligne droite m'oppresse. Une séparation froide comme seul au-delà. Je voudrais des vallées, de la pierre, des montagnes, du très chaud, du très froid, je voudrais hurler en français et qu'on me comprenne dans une autre langue, je voudrais que la force de mon cri suffise pour exister. Ici, personne ne m'entend.

Léopoldine, les yeux fermés, tend son visage vers la chaleur du soleil.

Et dire que tout cela bientôt ne sera plus. Un jour, ce bout de terre s'écroulera et disparaîtra au fond de l'océan. Le sol s'effritera en quelques secondes et sera englouti par une force dont le monde a préféré se moquer. L'espace d'un instant les maisons ne reposeront plus sur rien avant de s'évanouir à leur tour. Quelques récalcitrants seront restés dans leur salon, d'autres auront construit des souterrains, pensant naïvement être épargnés. Ils seront avalés avec le reste. Pendant des jours et des jours, des objets improbables referont surface, dérivant sans but. On se demandera pourquoi ce frigo, cette voiture, ce banc. Pourquoi eux et pas d'autres ? Peut-être qu'on n'aura même pas le temps de se poser la question car ce que l'on appelle aujourd'hui catastrophe sera devenu la norme. Et on verra alors qui préférera sauver les meubles plutôt que les gens.

Ce n'est pas une de mes projections désastreuses. Je ne reviendrai pas sur ce banc à l'âge de Léo. Je ne fermerai pas les yeux comme elle. Le calme dont on profite aujourd'hui est condamné. Les oiseaux devront fuir pour survivre, eux aussi. Je me demande où ils iront.

Un air inconnu me vient. Machinalement, je fredonne.

Ma grand-mère se dresse.

– Tu te souviens de ça, toi ?

– Tu connais ?

– Un peu mon n'veu ! Je te chantais cette chanson quand tu n'étais qu'un petit gigot.

Radieuse, elle se lance.

– Ma petite est comme l'eau, elle est comme l'eau vive, elle court comme un ruisseau, que les enfants poursuivent…

Les paroles retrouvent leur chemin vers moi. Je la rejoins.

– Courez, courez vite si vous le pouvez, jamais, jamais vous ne la rattraperez.

On se serre l'une contre l'autre.

– C'est de toi que parle la chanson, ma Léo.

– Ou de toi !

Je me suis toujours dit que, comme les humains, les idées voyagent et, comme d'eux, il faut s'en saisir tant qu'elles sont là. L'une d'elles me traverse, alors je l'attrape.

– Je sais ce qu'on va faire !

– Et qu'allons-nous faire… ?

– Je te l'ai pas dit, mais… Tu te souviens quand tu m'as conseillé d'expliquer ce que je ressentais à Camille, comme s'il était là ? Eh bien… c'est arrivé… la nuit.

– Ah oui, la nuit… Beaucoup de choses arrivent la nuit.

– Je crois que tu devrais faire pareil avec Jacques. Je crois que toi aussi tu as le droit de dire ce qui te pèse. Je pense que c'est peut-être le moment.

– Maintenant ?

– Pourquoi pas ?

Léo baisse la tête, regarde ses mains, caresse ses doigts.

– Tu sais ce que j'aimerais vraiment ?

– Non ?

– C'est que lui me parle, que lui me dise les mots qu'il aurait dû avoir pour moi.

Elle se passe la main sur le visage.

– Mais parler… il n'aimait pas. Au mieux il aurait écrit.

– Alors on va le faire. Attends.

Je fouille dans mon sac, en sors un petit carnet et un stylo.

– Tu me dictes les mots, moi je les écris.

– Et après ?

– Après, rien. Après, on verra.

Je pensais qu'il lui faudrait du temps pour trouver le fil, le sens, l'exactitude du verbe, mais c'était sans compter les décennies passées à les attendre. Léopoldine me dicte la lettre comme si elle la lisait, comme si elle était déjà prête. Point final. Je lui tends le carnet.

– Non, toi, relis-la, s'il te plaît. À voix haute.

– Tu es sûre ?

– Oui, si cela ne te dérange pas je préfère que ce soit toi.

Je prends une grande inspiration et je me lance.

Léo chérie,

Je n'ai pas eu le temps de tout te dire. Tu répondrais sûrement que j'ai surtout pris le temps de ne rien te dire. Je n'ai pas fait l'effort, je n'ai jamais réussi, tu n'es pas sans l'ignorer.

Tu avais raison, je le savais. Je savais que tu étais malheureuse et j'ai continué de vivre pour moi. Je n'aurais jamais pu te regarder dans les yeux, j'y aurais rencontré ta tristesse. Ou ta colère, je ne sais plus. Tu serais partie et moi je serais resté là, seul, stupide et perdu. Ta détermination… Tu n'étais pas comme les autres. Les copains me charriaient, « elle en tient une couche, ta bonne femme » qu'ils disaient, et devant eux je roulais des mécaniques. Parce que justement, ma femme on s'en souvenait. Ah ça, pour s'en souvenir ! À tes côtés, je pouvais être tranquille. Tu t'occupais de tout, quitte à détester ta vie. Je n'ai pas fait attention à toi. Mais en réalité, je n'ai pas fait attention à moi non plus. J'aurais aimé vivre loin et seul. N'avoir aucune attache, n'avoir que le strict nécessaire pour une modeste vie. Ne pas devoir porter le poids de la vie d'autres, de femme ou d'enfants. N'entends pas par là que je ne voulais que me soûler et vagabonder de ville en ville, ne crois pas non plus que je voulais une vie monacale, isolé du monde. Quoique. En tout cas, ne rien devoir à personne. Ce désir me paraît bien lâche. Qui ne voudrait pas d'une vie sans responsabilité ? Une vie où seule sa propre volonté importe ?

Je ne sais pas où est allé ton amour, mais je sais qu'il existait, et qu'il se trouvait ailleurs, en dehors de notre maison.

Je suis désolé d'avoir privé quelqu'un de toi.

Je t'embrasse et te dis merci du fond de mon cœur pour tout ce que tu m'as donné de tranquillité.

Jacques

Léopoldine ne dit rien.

J'arrache la page de mon carnet en prenant soin que le bruit ne retentisse pas trop fort. Je plie la feuille en plusieurs morceaux, la glisse dans la paume gauche de Léo, puis je serre fermement sa main. On est restées ainsi, quelques instants, avant que la lumière ne change de nouveau.

Il en a fallu des inspirations pour trouver le courage de quitter cette vue et de quitter cette vie.

Je me lève la première, annonçant que la route est encore longue. Léopoldine ne pose aucune question. Elle ne veut surtout pas entendre de réponse. De toute façon, je n'aurais rien dit. Une fois que Léopoldine sera entre de bonnes mains, les seules habilitées à la toucher, je préviendrai Sylvain et les autres. Je leur raconterai tout. Ou presque.

Mais après seulement.

Quelques kilomètres, et Léo s'endort déjà. Elle accusera le déjeuner, prétendument trop lourd. Moi, je crois que tout cela l'épuise.

Léopoldine

Je ne dors pas. Je ferme les yeux pour réfléchir en paix. Je regarde en arrière. Très loin derrière, le plus loin que je puisse. Examinant ces quatre-vingt-six dernières années, je remonte mon propre fil.

J'ai vécu une enfance dépourvue de tendresse, je le sais maintenant. Il n'était pas question d'amour. Le mot, le concept, rien. Partageant un quotidien sans goût, sans surprise, mes parents étaient mariés, c'est tout. À l'époque, de toute façon, aurait-il pu en être autrement ? L'insouciance avait un visage si différent. Tout était plus dur qu'aujourd'hui. Ce n'est pas tant que j'avais de quoi être malheureuse, mais plutôt je n'avais rien pour ne pas l'être. Il n'y avait pas de rire, pas de couleurs, pas de mots doux. On faisait sans et puis voilà.

Je me revois grandir sagement. Je n'ai pas de meilleure amie comme les autres, je n'intéresse pas de garçon en particulier et je ne m'intéresse pas à eux. À l'adolescence, les mises en garde de ma mère me passent bien au-dessus. Mais les garçons en profitent toujours. Même si on ne les aime pas, eux continuent de nous aimer. Si tant est qu'il s'agisse d'amour.

Je me souviens des mains sur mes fesses au marché et des regards sur mon corps d'enfant. Personne ne m'a expliqué ce que voulait dire être une fille. Les plus audacieuses chuchotaient en cuisine, mais rien de plus. C'est Solange qui m'a tout appris. C'est grâce à elle que j'ai su que le monde pouvait se regarder autrement et que le point de vue changeait tout. Au fur et à mesure de nos conversations, je découvrais les facettes multicolores d'un possible qu'on ne m'avait décrit qu'en noir et blanc. La métaphore paraît grossière et pourtant. Un après-midi où nous nous étions égarées dans la forêt d'Arques, au détour d'une phrase, Solange a dit *De toute façon, les hommes ne sont qu'une déception qui se répète.* Je n'ai pas trop su quoi penser. Nous étions si jeunes, comment pouvait-elle affirmer une chose pareille ? Il devait bien exister des hommes qui valaient le coup, des hommes « bien », comme on disait alors.

Près de soixante-dix ans plus tard, je ne sais pas si je dois rire ou pleurer. Jacques n'était pas un homme mauvais, bien au contraire, mais il n'était pas non plus révolutionnaire. Son courage restait dans les limites du raisonnable. Il remplissait les devoirs qui étaient les siens en tant qu'homme, mari et père de famille. Mais pour le reste… Il était comme les autres. Il ne s'est jamais interrogé sur ce qui pouvait exister en dehors du cadre. Il n'a pas pris le temps de se demander ce qu'était le désir. Jacques est le fruit d'un temps où le courage devait être une qualité visible. L'audace d'être soi-même, la puissance de l'empathie, le lâcher prise, toutes ces notions lui étaient étrangères.

Je réfléchis. Non, je ne vois pas un endroit de sa vie qui ait été pénible. Je l'ai préservé de la vérité. Je ne sais plus bien qui je protégeais dans cette histoire. Lui, moi, les enfants.

Si je lui avais dit, j'aurais dû partir. Mais pour aller où ? Et avec quel argent ? Je n'en avais pas. J'aurais dû tout bousculer pour quoi ? Une histoire révolue ? Et puis qu'aurais-je fait du regard des autres ? De la loi ? Je n'étais pas comme Solange. J'ai toujours eu une grande goule, ça oui, mais pas pour affronter la violence d'un monde qui me refuse. Je les ai vus, ces pauvres malheureux qui en osant être eux-mêmes ont été malgré eux effacés. *Osant être eux-mêmes*. Que ces mots me paraissent absurdes.

Tout aussi absurdes que les choix que j'ai faits.

À la naissance de Sylvain, je me suis promis d'élever mes enfants dans la conscience de ce qui m'avait été refusé. Personne ne m'avait parlé d'estime, d'amour-propre, d'acceptation, de tolérance. Les mots n'avaient même pas été inventés. Personne ne m'avait appris qu'il existe différentes manières d'être soi. Mes parents le savaient-ils ? S'ils l'avaient su, j'aurais pu choisir ma vie sans honte. Mais peut-être que je me cherche des excuses.

Je revois chaque jour, pareil au précédent, chaque jour d'une vie sans remous. Il ne s'est rien passé, sauf la vie qui s'épuise.

J'ai bien essayé une fois de tout secouer, mais je m'y suis mal prise et le moment passé, il était trop tard. Je me rappelle avec une étrange précision cette milliseconde qui aurait pu tout faire basculer.

Rien ne dépasse dans cette maison. Tout est écru, beige ou marron, recouvert d'un voile de peine à jouir. Du sol au plafond, une fine pellicule protège le mobilier de la vie. Le temps est figé, rien ne se perd ni ne se transforme. Les fleurs y fanent plus vite, la lumière naturelle ne réchauffe pas, la musique est étouffée par des murs infranchissables.

Je ne comprends pas comment cette maison pourrait m'être accueillante. Je ne l'ai pas choisie, c'était la plus proche du travail de Jacques. Chaque pièce m'ennuie ou m'exaspère. Toutes m'écrasent. Parfois je me demande s'il n'y a pas ici moins d'oxygène qu'ailleurs. La chambre à coucher est un cube au centre duquel est posé un lit, trop proche du sol pour offrir à l'esprit l'espoir de s'élever. Une ridicule table de chevet en pin brut de chaque côté, une armoire normande en face, bien trop énorme pour cet espace misérable. Mon côté est à droite, celui de Jacques à gauche. Quelle folie !

Et voilà tout.

Cette maison me fait l'effet d'un tissu rêche que l'on viendrait me passer sur le visage sans prévenir. Une serviette de bain trop usée qui râpe plus qu'elle ne sèche, qui pique davantage qu'elle n'adoucit. Jamais je ne m'y ferai. Je l'observe comme une bête curieuse. Elle me contient avec dédain. Dès que les enfants sont absents, je lui demande pourquoi elle ne veut pas m'être tendre. Je suis certaine qu'elle sait que je la déteste.

Un matin, c'est devenu insupportable. Et en une journée, j'ai chiné assez d'objets et de tissus pour illuminer la tristesse. Sans pour autant tomber dans un cliché floral, j'ai tenté de déployer une palette de couleurs plus proches du vivant que du mort. Des tons plus chauds, des teintes qui s'accordent. Quand Jacques a passé la porte, il est parti dans un grand rire. Oui, tout seul, il a ri. Longtemps. Puis, s'asseyant au fond du canapé il a regardé le nouveau coussin posé à côté de lui, l'a touché du bout des doigts. Le dédain a dit *Tu me ramèneras tout ce bazar demain à la boutique*. Je ne me suis pas laissé faire bien sûr, je lui ai dit que j'y étais toute la journée, moi, dans cette bicoque, qu'elle me rendait marteau avec ses camaïeux marronnasses. Alors Jacques a répondu d'une voix sèche *Chez moi, ce n'est pas un cirque.*

– *Et quoi alors ? Un funérarium ?*

Il n'a pas ri.

– *Tu vois très bien ce que je veux dire. N'insiste pas, s'il te plaît.*

Je n'ai pas insisté et dès le lendemain Jacques retrouva sa maison couleur fin de vie. Aujourd'hui, ce n'est pas la décoration que je veux changer. Et pour arriver à mes fins, je me dois d'être plus stratégique.

Assise à la table de la cuisine, les yeux sur l'horloge, je gratte une tache sur la nappe. Je n'arrive pas à savoir de quoi elle est faite. Presque invisible, sans forme précise, mais tout de même là, accrochée à la fibre. Elle existe parce qu'elle me dérange. L'inverse est tout aussi vrai. Suis-je cette tache ? Par je ne sais quel miracle les enfants sont couchés, ma cuisine est rangée, le plat est au four et Jacques ne devrait plus tarder. Je répète dans ma tête les bons mots. Il va falloir que je sois finaude.

Sa voiture dans l'allée. Le frein à main. Il arrive.

Comme tous les soirs, Jacques passe la porte, dit *Bonsoir, bonsoir* sur un ton un peu chantant. Je n'ai jamais compris cet air joyeux qui, pourtant, n'est jamais suivi de joie. Soupir. L'évidence m'éreinte. Il accroche son manteau à la patère et vient s'asseoir à la table de la cuisine, il me regarde et me sourit silencieusement. Je lui réponds de même. C'est plus malin. Dès qu'il est assis, je me lève, ouvre le four d'une main, attrape une manique de l'autre, me saisis du plat que je pose sur le feu éteint de la gazinière.

– C'est du gratin, Jacques.

– Très bien.

Demande-lui.

– Tu as passé une bonne journée ?

– Ça va. On fait aller.

Je ne vais pas aller loin avec ça. Lance-toi, ma vieille.

– Dis, je pensais…

Je découpe une part de gratin et la lui sers.

– Oui ?

– L'année prochaine Anne va entrer à l'école…

Il commence à manger.

– Mmm et ?

– Je me disais que je pourrais faire autre chose.

– Autre chose que ?

Il mange à pleine bouche.

– Qu'être là, à la maison.

J'ai beaucoup misé sur ce gratin.

– Et que voudrais-tu faire d'autre ?

– Je ne sais pas… Reprendre des études, un apprentissage en…

Jacques pose sa fourchette et me regarde. Il plisse les yeux comme s'il cherchait à traduire une langue inconnue. Je n'ose pas finir ma phrase. J'ai l'impression d'avoir utilisé des mots savants. Il se lève, ouvre un placard et sort un verre. Le liquide passe de la bouteille de bordeaux au verre, puis du verre à son gosier. À se demander l'intérêt du verre. Je le regarde. J'attends. Encore.

– Je ne comprends pas, Léopoldine… Tu as les gosses, la maison, les comptes, les commissions, tu me dis tout le temps que tu es épuisée et là tu en veux encore plus ?

Il a raison, il ne comprend pas. Je pensais devoir argumenter, le confronter, j'y étais prête mais il ne voit même pas pourquoi cette idée saugrenue m'est venue.

– Et puis des études, un apprentissage, ça ne veut pas dire grand-chose. On est bien comme ça, non ?

Il le fait exprès. Pas possible, il le fait forcément exprès.

Jacques se rassoit et reprend son repas. La bouche pleine, il baragouine.

– Tu n'es pas d'accord, Léo chérie ?

Je me lève et piétine avec hésitation. J'attrape le bord de ma cuisinière, fidèle ennemie qui m'attend au tournant. Je m'y agrippe comme pour la déplacer. Jacques mâchonne derrière moi.

– Je veux être quelqu'un d'autre.

– Qu'est-ce que tu me chantes là ?

C'est sorti tout seul. Je pensais à des mots différents et ce sont ceux-là qui sont sortis.

– Je…

Je ne sais plus comment continuer cette phrase. J'ai perdu mon chemin.

Il va en profiter. Je le connais par cœur, vite je dois trouver d'autres mots.

Jacques racle lentement son assiette avec le côté de sa fourchette. Moi, je panique. J'essaye de tout accélérer dans ma tête quand lui laisse allègrement traîner le métal sur la faïence. Le bruit résonne et m'empêche de penser. Dernière bouchée.

– Voilà.

Il se lève.

– Je vais voir les gars. Ne m'attends pas.

Jacques pose ses mains sur mes épaules, embrasse mon front, tourne les talons et sort.

Je me rassois, à la même place, dans la même position.

J'ai loupé le coche.

La tache ne part pas.

Léopoldine

La naissance de Chloé me rendit la joie. Je ne sais pas pourquoi elle, elle plus que les autres. Est-ce que l'étincelle dans ses yeux m'a rappelé le feu de Solange ? Peut-être. Quand cette petite est née, quelque chose s'est reconnecté en moi. Une lumière éteinte depuis longtemps. Je l'ai senti, comme une charge ou une décharge de vie, je ne saurais dire quel mot convient le mieux.

Je me demande ce qu'il me reste. Il aura fallu que mon mari meure, que mes enfants fassent front et que ma petite-fille m'embarque au loin pour que je me regarde en face. Là, dans cette voiture qui m'emmène droit à la fin, j'ose m'interroger. Où étais-je durant toute ma vie ? Pourquoi personne ne m'a dit qu'elle passait devant moi ?

J'ouvre les yeux.

– Ma fille, arrête-toi s'il te plaît.

Chloé s'inquiète.

– Ça ne va pas ? Tu te sens mal ?

– Non non, tout va bien mais gare-toi là veux-tu.

Sur une départementale à quelques dizaines de kilomètres d'Angoulême, Chloé s'arrête. J'ouvre ma portière, sors de la voiture, puis marche droit devant. Chloé me regarde et sort à son tour. Elle me suit.

Je fais quelques pas, me retourne. Nez à nez avec elle.

– Chloé, je veux que tu m'écoutes attentivement.

Je prends ses mains. Ses doigts se replient sur les miens.

– Ta vie, c'est ta vie. Les autres, les gens, ne penseront qu'à eux. Même s'ils t'aiment, le choix final ils le feront pour eux, et toi, ma petite, tu passeras après. Tu dois être ton premier choix, tout le temps. Ça ne veut pas dire être égoïste, ça veut dire que tu as compris que la vie est courte et que tu n'en auras pas d'autre. Souviens-toi : il n'y a que toi qui comptes.

Chloé ne réagit pas.

– Tu as bien compris ?

Chloé

Une vague me remplit, déborde et éclabousse Léo. Cet amour, on ne le rencontre pas souvent sur le bord des routes. Je plonge dans son cou. Comme avant, quand j'étais toute neuve, que je ne savais encore rien. Je dépose ce que j'ai dans le cœur sur sa poitrine. Je laisse ma tête aller contre le moelleux de ses seins. Là où je n'ai qu'à fermer les yeux pour avoir quatre ans de nouveau. Entre deux sanglots, je tente de capturer son odeur. Je pleure pour tout ce que j'ai gardé et pour tout ce qui va disparaître. Je pleure pour laver ce qui me blesse et réveiller ce qui s'assèche. À force de tout contenir on craque, la solitude que personne ne remarque se déverse, l'angoisse qui ne savait plus comment se faire entendre s'exprime. En fait, je n'ai jamais pleuré de ma vie. Toutes mes chutes, mes cauchemars et mes bobos se sont donné rendez-vous là, dans ce cou, à côté de cette voiture, sur le bord de cette route. Au loin, très loin derrière ces larmes, je commence à comprendre que les mots de ma grand-mère ne sont pas arrivés là sans raison. Ce sont des dernières volontés qui se sont dites ou plus exactement des premières volontés. Elle me tient tout contre elle. Que cet instant dure toujours.

Le reste de la journée voit les villes et villages défiler. Léo devine que je la conduis vers le sud, longeant une étendue d'eau qui change de nom au fil des kilomètres. Et sans m'en apercevoir, je lâche les mots tant redoutés.

– On est bientôt arrivées.

Dès lors, je la vois guetter les panneaux. Elle scrute les alentours. La voiture s'engage sur un chemin dont les arbres en bordure forment un toit au-dessus de nos têtes. Léo me jette un regard. Je ne le lui rends pas. Peur de trahir mon angoisse. Je m'agrippe à mon volant comme s'il pouvait prendre le contrôle du véhicule et faire demi-tour. Mais nous voilà, avançant vers l'inconnu. Elle ferme les yeux encore. Comme une petite fille. Comme pour faire disparaître le bout de l'allée, allonger le temps, le mettre en pause.

Je coupe le contact.

– Léo, ouvre les yeux.

Elle prend une grande inspiration. Et une deuxième pour la route. Puis elle ouvre les yeux.

Devant elle, une petite maison aux volets et à la porte en bois couleur lavande. D'un œil méfiant, elle cherche quelque chose.

Je fais le tour de la voiture, écarte la portière. Elle semble déboussolée.

– On est où ?

– Tu vas voir.

Je lui propose ma main grande ouverte, bien à plat, comme je la présenterais à un animal pour lui donner confiance. Elle me jette un regard que je ne lui connais pas. La peur dans ses yeux me trouble.

– Tout ira bien, je te le promets.

Tremblante, Léo attrape ma main. Je veux que cette main soit fiable et ferme, qu'elle ne me déçoive pas. J'aperçois, à quelques mètres de là, une autre main, inquiète, écartant un rideau.

Nous sommes debout, face à face. Je ne saurais pas dire qui soutient l'autre. Et si j'avais fait une erreur ? Léo ne sait plus rien. La crainte et l'espoir se lisent dans le vert dilué de ses yeux. Elle devine que ce qu'elle s'apprête à vivre, *c'est loin d'être de la tarte.*

À la fenêtre, les yeux curieux ont disparu. La porte de la maison s'ouvre et sur le perron apparaît une femme à peine plus âgée que Léopoldine.

Léopoldine

Je sens le sol se dérober sous moi. Mes mains serrent celles de Chloé.

– Ne me lâche pas maintenant.

– Je te tiens, je suis là.

C'est à mon corps que je m'adresse. Mes membres inférieurs se dérobent, rien n'est stable.

– Non, je ne peux pas.

Je lâche Chloé et cache mon visage.

– Tu n'as pas fait ça, c'est pas possible, comment as-tu pu…

– Léo, regarde-moi.

Je lève la tête. Les yeux de Chloé sont grands ouverts, elle reprend mes mains dans les siennes.

– Je sais que c'est beaucoup, tout ça. Pour moi aussi. Mais tu te rends compte : elle est là.

J'ose jeter un regard vers le perron et chuchote :

– C'est pas possible.

Et encore :

– Ce n'est pas possible.

Chloé dit des mots, *Si, c'est possible, tout ira bien...* et d'autres. Puis elle me tire légèrement pour que j'avance d'un pas.

Hébétée, je mets un pied devant l'autre. Elle libère une première main. Je continue. Elle lâche la deuxième. J'avance encore. En face, sur le pas de la porte, des bras frêles s'ouvrent grands.

Personne n'ose briser le silence. Personne ne saurait quoi dire. D'ailleurs personne ne pense à parler. Seuls quelques oiseaux s'aventurent à gazouiller comme si de rien n'était. Leurs chants improbables me donnent le tournis. Je me concentre sur Chloé, espérant qu'elle me tire de là. Je voudrais être ailleurs.

Elle hésite quelques secondes à partir. Ne fais pas ça. La mâchoire grande ouverte, elle reste immobile. Comme sur pause. Chaque pas pèse une décennie. Il y en aura au moins sept. Si j'arrive jusqu'au bout. J'avance. Puis me fige. Fondre dans le sol. Peu importe la cadence, ma trajectoire a été écrite. C'est tout droit. Mon corps, ici, n'existe pas. Je ne le sens plus. Je flotte. Doucement, certes, mais je ne marche pas. Marcher, c'est pour les autres. Si je cesse d'avancer, j'ai peur de ne plus jamais repartir. Je n'essuie pas mon visage. Plus j'avance, plus elle se dessine. Les boucles brunes ont laissé place à un frisottis flou, d'un blanc pur. La silhouette est intacte. Les contours, les lignes, l'allure sont ceux que j'ai connus. Plus que quelques pas et nous serons face à face. À portée de peau. Elle lâche sa canne qui roule au sol, j'entends le bruit au ralenti.

Chloé

J'ai tout le temps du monde pour me sentir démunie. J'ai regardé ma grand-mère disparaître derrière la porte, puis je me suis assise sur le capot de la voiture de Jacques. Depuis, j'attends. Et maintenant, je deviens quoi ? Léo a retrouvé le chemin d'une maison. J'espère que ce sera la bonne. Je me suis fait tout un film sur leurs retrouvailles. Pourtant je ne sais rien de Solange ni de sa vie. J'ai besoin de me dire que Léo est au bon endroit. De toute manière je n'ai pas d'autre idée.

Et moi alors ? Je touche les feuilles, caresse l'herbe et tout ce qu'il y a de vivant autour de moi pour y trouver une réponse.

Je repense au temps qui vient de s'écouler et à celui que je n'ai pas pris. D'abord l'élan. Emporter ma grand-mère. Et très vite, presque plus vital, partir loin pour oublier ma peine. Je n'ai même pas pensé à mon grand-père. Et même si finalement je le connaissais mal, il m'est perdu. Toutes ces pertes m'usent le cœur. Elles creusent un grand trou.

Sous le vent, on croirait que les arbres dansent. De la vie encore. Ils s'agitent et se trémoussent. Leurs troncs sont couverts de différentes mousses qui se chevauchant donnent un vert anis, presque fluo. L'écorce, vierge de parasites, trace en négatif un chemin plus sombre. Dès la base des troncs, gourmand et provocant, le lierre grimpe. Ses petites feuilles bougent elles aussi sous les caresses du vent. J'imagine leurs rires, chatouillés par la brise. Je me sens en sécurité au milieu de ces pins. Je suis sûre qu'ils célèbrent ce qui advient derrière la porte lavande.

Qu'aurait fait Léo si elle avait eu le choix ? Un vrai choix, comme moi. Qu'aurait-elle décidé pour sa vie, sans l'injonction au mariage, au foyer, à être une maman disponible, une gentille femme posée dans un coin ? Si *normal* avait voulu dire libre, qu'aurait-elle fait ? J'aime à croire que son choix aurait été évident, sa pensée limpide. J'ai besoin d'y croire. Même si je sais que je ne sais rien de tout ça.

Je songe à Camille et à l'endroit où je l'ai mis. Là-haut, tout là-haut, emmailloté dans un amour d'enfant, figé dans une émotion qui n'a rien à voir avec la vraie vie. Sans m'en rendre compte, je lui ai confié mon avenir. Sans lui, je me suis sentie coincée. Comme Léo mais avec soixante ans de moins et une vie à construire. Moi, je n'ai été obligée à rien, je me suis mise dedans toute seule. Mais ce n'est que le début. Il va me falloir rassembler les morceaux éparpillés. Que chaque fragment retrouve son contour. Qu'enfin l'ensemble s'élève pour que je puisse voir au-dessus du mur qui bouche l'horizon. Sans Camille, je dois me regarder en face. Me chercher au lieu de me croire déjà là. On n'est jamais vraiment là. Il n'y a qu'à voir Léo. Peut-être qu'avancer, c'est toujours un deuil quelque part. Choisir de se lancer ou y être contrainte. Autant se lancer. J'ai quoi à perdre ?

Chloé

La petite.

Solange lui a donné ce nom peut-être pour l'adoucir ou éviter qu'elle s'emballe, une tentative pour la remettre à sa place, je ne sais pas. La petite, c'est une maladie qui n'a pas de nom, qui ne se soigne pas. La vie qui s'éloigne. Vexée d'être virée sans consentement.

La petite est sournoise et stratège. Elle sait prendre les traits de celle qu'elle habite et aime tromper son monde. Parfois on ne la voit pas pendant des jours, on se surprend à croire qu'elle ne reviendra plus. Puis un jour, brusquement, elle change les traits, tire dans un sens et affaisse dans l'autre. La petite assèche tout et rend rigide le souple. Au fil des semaines, elle gangrène Léo. C'est le récit de la conquête d'un territoire qui ne peut plus se défendre. De temps à autre, la conscience de Léo refait surface et surprend cette marée montante. Mais la petite ne se laisse pas faire et devient alors blessante, sans raison. Elle se défend à chaque mot, feule à chaque regard.

Moi, je refuse de la voir.

Et puis je n'ai plus eu le choix.

Ce jour-là, dans le salon, je vois, minuscule, au fond du canapé, une femme que je reconnais à peine. Son corps ne lui appartient plus. Pourtant recouvert de sa peau, il a fait un pas de côté et mille pas en dedans. Je vois ma Léo qui gèle et s'émiette en même temps. Tout en elle s'est creusé. La chair s'en est allée. Sa tête paraît plus grosse, ses pommettes plus basses, sa mâchoire lâche. Je crois que son visage a changé de forme. Soudain un rictus se dessine, ses sourcils se lèvent, puis retombent et enfin juste le gauche qui se hisse vaillamment. Sans raison. Sa bouche fait la moue et son nez se fronce. Je perçois presque une discussion muette. Tout s'enchaîne comme si Léo participait à un débat, comme si elle tenait une conversation que personne d'autre n'entend.

Et d'un coup, plus rien. Une face morte plaquée dessus.

Ce n'est plus ma grand-mère, ce n'est presque plus quelqu'un.

À cet instant je me dis qu'il n'y a plus de Léo dans Léopoldine.

Je la détaille pour tenter de trouver quelque chose à quoi me raccrocher. Tout paraît peser une tonne. Ses vêtements, les mots, un verre. Au bout de ses mains je vois des griffes. Solange surprend mon regard.

– Elle refuse que je lui coupe les ongles, elle dit qu'elle veut voir jusqu'où va la vie.

On dit que, comme les cheveux, les ongles continuent de pousser après la mort. Je ne sais pas si c'est vrai.

Puis subitement Léo m'aperçoit. Comme si je venais d'apparaître devant elle. Elle sourit d'un air que je n'arrive pas à décrypter. Son regard change. Je vois le moment où elle prend conscience. Ses yeux disent la honte et la peur, moi j'imagine seulement sa panique. Quand tout nous échappe sans prévenir. Elle doit se croire folle. Devenir une autre, c'est bien ça, la folie ?

Elle essaye de se dresser. Je m'empresse de l'aider mais abandonne vite. Une voix d'outre-tombe m'ordonne de la laisser se lever toute seule, *nom de Dieu*.

Je recule. Solange se penche vers moi.

– Tiens, la voilà… la petite. C'est elle dont je te parlais l'autre matin au téléphone. Elle a commencé par abîmer le temps. Maintenant quand ta grand-mère regarde sa montre la petite scinde les journées, jetant les heures à la poubelle. Dès midi, Léopoldine me dit *Bonne nuit*. La petite commence à prendre ses aises. Je crois qu'il va falloir s'habituer à l'avoir parmi nous.

Léopoldine se lève enfin, passe devant moi invisible, et sort de la maison.

Elle a retrouvé ses habitudes, s'asseoir dans son fauteuil, entre ombre et soleil, pour contempler la nature libre. Je reste interdite dans l'entrée. Dans la cuisine, Solange prépare le déjeuner. Je m'approche sans un bruit et reste plantée dans son dos.

– Tu veux me dire quelque chose, Chloé ?

Une question est coincée dans ma gorge. Rinçant les feuilles de menthe, Solange se retourne.

– Je t'écoute, dis-moi.

– Tu n'es pas trop déçue ?

– Déçue ?

Je me demande si c'est le bon mot, mais les autres qui me viennent me rendent beaucoup trop triste.

– Oui, de la retrouver dans cet état… De pas avoir vécu toutes les autres années où elle allait bien, où elle était vraiment elle-même ?

Tout doucement, elle frotte ses mains l'une contre l'autre, se saisit d'un torchon, finit de s'essuyer et respire l'odeur sur ses mains. Elle s'assied à la table d'appoint.

– Quel âge as-tu, Chloé ?

– Vingt-deux ans.

– Tu as des souvenirs de quand tu étais petite ? Toute petite je veux dire ?

– Oui, plein. Plein avec Léo, en fait.

– Ils te paraissent loin ?

– Oui. Il n'y a rien de plus loin.

Je m'assieds à mon tour face à elle.

– Eh bien, dis-toi que pendant trois fois la durée de ton existence j'ai fait grandir Léopoldine dans ma tête. La déception n'a pas sa place dans cette histoire. Ta grand-mère a baissé sa garde et elle en a bien le droit. Mais ce qui est certain, c'est qu'elle n'a jamais eu autant besoin d'attention qu'aujourd'hui.

– Quelques fois j'ai l'impression qu'elle résiste pour le principe de résister.

Ses lèvres se pincent. Elle comprend ce que je veux dire.

Je ne veux rien déranger, juste observer Léopoldine de loin. Et vite le besoin m'obsède, il faut que je la touche même si elle n'est plus dedans.

Je m'approche et m'accroupis devant elle. Elle ne réagit pas. Je la vois assise là, dans l'océan du rien. Je la sens lourde et prise au piège. Peut-être qu'elle pense flotter. Dans l'eau comme dans le temps qui se floute.

– Je peux te mettre de la crème ?

– Mmm, mmm.

Il m'avait manqué, ce son-là.

D'abord le visage, le cou, puis les bras et enfin les mains. Sous mes doigts, la fragilité.

– Tiens, l'autre nuit – toujours la nuit – j'ai retrouvé quand tu me chantais « L'eau vive ».

Elle tourne le visage vers moi, le regard toujours déserté.

Je me rassemble.

– Quand tu me donnais le bain, je devais avoir quoi ? Quatre ou cinq ans, que l'eau devenait tiède et mes lèvres toutes violettes, tu t'asseyais sur le rebord de la baignoire, sur tes genoux tu posais une serviette que je trouvais gigantesque et tu me disais *Vite, vite mon petit lionceau !* Je sortais de l'eau et je me mettais en boule contre toi. Tu m'enveloppais et je fermais les yeux. Tu me berçais en chantant et on restait comme ça, pendant un temps qui me paraissait infini.

Elle me regarde avec tout ce qui lui reste de chaleur.

– Tu t'en souviens ?

– Demande à Jacques, ma poupette, peut-être que lui se rappelle.

Je crois que Léo est partie pendant notre échappée.

J'ai toujours été terrifiée à l'idée de ce coup de téléphone, d'un appel aussi fatal qu'un pic à glace en plein cœur et de la voix de mon père, anéanti à l'idée de me dire les pires mots qui soient : *Léo est morte.*

Non, je ne saurais pas faire avec la violence de la fin subite. J'ai presque honte de penser que la disparition élastique de Léo m'accompagne doucement. Elle meurt comme un naufrage, coule avec lenteur, me laissant le temps de chérir, une dernière fois dans le détail, tout ce que j'aime en elle, tout ce qui peu à peu sombre en silence. Je constate ma grand-mère submergée.

Épilogue

Comme prévu, le temps a passé. Il s'est fait attendre, mais c'est arrivé, il a passé.

Il m'a fallu plus d'un an pour réussir à sourire en repensant à Camille. Les étapes n'en finissaient plus : d'abord laisser le souvenir venir à moi, accepter qu'il prenne toute la place. Puis supporter de revivre les scènes, sentir l'humidité de nos baisers. Enfin, demander au souvenir de s'en aller. Sans violence, sans dureté. Le remercier et m'excuser. La blessure reste sensible, la cicatrice tiraille encore. J'imagine qu'un jour il n'y aura plus trace de peine.

J'ai le vertige. Avant le chagrin, il y avait Camille. Mais maintenant ? Toute la place que je lui ai donnée, à lui puis à sa disparition, est restée vacante. Pour lui, j'ai repoussé les murs de moi-même. C'est donc ça, la liberté. La liberté de ne penser qu'à moi. Lui n'avait rien demandé pourtant, il n'attendait pas autant, il ne refusait rien non plus. Forcément, c'est agréable d'être aimé sans conditions. Je ne sais pas toujours quoi faire de ce vide. Je pensais que c'était simple de se trouver.

Mais non, alors j'avance à tâtons.

Peut-être que ma bouche est comme la vie, il faut mettre de l'air dedans pour qu'elle se détende. L'existence a besoin de se dilater pour découvrir son ampleur, peuplée de verbes et de vivant. Trop serrés, sans place suffisante pour se mouvoir les mots étaient coincés, ma vie étriquée par une pression qui écrase plus qu'elle ne supporte. Maintenant, quand je sens les muscles de ma mâchoire devenir rigides, je souffle dans ma bouche. Oui, je gonfle tout comme un ballon prêt à décoller.

Le jour de ta mort, je suis allée au bord de la baignoire.

Le temps continuera de passer, mais parfois je redeviendrai lionceau. Quand je perdrai ce bébé que j'attendais depuis si longtemps. Quand je donnerai enfin naissance à ma fille, le jour de la séparation avec son père ou en tenant la main du mien pour la dernière fois. Ton souvenir me protège des peines passées et à venir.

N'empêche : j'ai peur d'oublier le reste. Même si j'ai pu garder des images, des enregistrements de ta voix, des vêtements et des objets, ton odeur disparaîtra, parce que c'est ce que font les odeurs que l'on aime. J'aimerais pouvoir invoquer ton parfum de Léo comme je le fais du reste. J'aurais aussi aimé parler de la mort avec toi. De la tienne surtout. J'aurais souhaité que tu me donnes des consignes pour vivre sans toi.

Quand ils imaginent la fin, les gens pensent au silence.

Moi, je suis certaine que la mort fait le bruit des vagues. Un son brouillé qui n'en est pas un, régulier, et qui ne laissera jamais la place à autre chose. J'aimerais croire que comme elles tu seras là tout le temps, partout avec moi. Parfois j'imagine que tu es avec Jacques, souvent avec Solange. J'espère que tu prends cette éternité pour toi. Pour t'ennuyer avec plaisir, enfin.

Je soûlerai le monde avec ton souvenir. Je raconterai tes colères et tes rires, je décrirai ta peau en montrant la mienne et puis, quand je sentirai venir ma fin, je dirai dans un souffle…

Allez, à dégager.

Remerciements

Pour son amitié franche et solide, merci à Christelle Murhula sans qui je n'aurais jamais rencontré Stéphanie Cochet. Et tant d'autres chics personnes.

Merci à Stéphanie Cochet pour son professionnalisme, sa confiance sans faille et sa joie lumineuse. Passion ternaire.

Merci infini à ma mère qui me voit vraiment, à Gilles pour sa tendre présence, et à Jade, mon incroyable sœur.

La Fretonasse, meilleur amour.

Merci à Sophie, Arièle, Kathia, Cyrielle, Manel, Louis-Marie et Victor qui me supportent et me soutiennent quoi qu'il –

Heureusement que vous êtes là.

Merci à Lucile et Charles qui ne cessent de croire en moi et me donnent les moyens de continuer d'écrire.

À Sion-sur-l'Océan et à toute l'équipe de La Bricole qui m'a accueillie pour l'écriture de ce livre.

Et merci à Joe, comme toujours.

Mise en pages :
Anne Offredo, Valravillon

Cet ouvrage a été achevé d'imprimer
en avril 2023 dans les ateliers de
Normandie Roto Impressions s.a.s.
61250 Lonrai (Orne)

N° d'imprimeur : 2301140
Dépôt légal : mai 2023
ISBN : 978-2-38482-023-8
Imprimé en France